同题散文经典

陈子善 蔡翔 ◎ 编

我们把春天吵醒了
春意挂上了树梢

冰心 萧红 等 ◎ 著

人民文学出版社

图书在版编目(CIP)数据

我们把春天吵醒了 春意挂上了树梢／冰心等著；陈子善，蔡翔编.—北京：人民文学出版社，2017(2024.10重印)
(同题散文经典)
ISBN 978-7-02-012599-9

Ⅰ.①我… Ⅱ.①冰… ②陈… ③蔡… Ⅲ.①散文集-中国-现代②散文集-中国-当代 Ⅳ.①I266

中国版本图书馆 CIP 数据核字(2017)第 068961 号

责任编辑：朱卫净 张玉贞
封面设计：汪佳诗

出版发行　人民文学出版社
社　　址　北京市朝内大街 166 号
邮政编码　100705

印　　刷　山东新华印务有限公司
经　　销　全国新华书店等
开　　本　890 毫米×1240 毫米　1/32
印　　张　6.75
插　　页　2
字　　数　140 千字
版　　次　2007 年 7 月北京第 1 版
印　　次　2024 年 10 月第 4 次印刷

书　　号　978-7-02-012599-9
定　　价　39.00 元

如有印装质量问题，请与本社图书销售中心调换。电话：010-65233595

编辑例言

　　中国素来是散文大国,古之文章,已传唱千世。而至现代,散文再度勃兴,名篇佳作,亦不胜枚举。散文一体,论者尽有不同解释,但涉及风格之丰富多样,语言之精湛凝练,名家又皆首肯之。因此,在时下"图像时代"或曰"速食文化"的阅读气氛中,重读散文经典,便又有了感觉母语魅力的意义。

　　本着这样的心愿,我们对中国现当代的散文名篇进行了重新的分类编选。比如,春、夏、秋、冬,比如风、花、雪、月等等。这样的分类编选,可能会被时贤议为机械,但其好处却在于每册的内容相对集中,似乎也更方便一般读者的阅读。

　　这套丛书将分批编选出版,并冠之以不同名称。选文中一些现代作家的行文习惯和用词可能与当下的规范不一致,为尊重历史原貌,一律不予更动。考虑到丛书主要面向一般读者,选文不再注明出处。由于编选者识见有限,挂一漏万在所难免,因此,遗珠之憾也将存在。这些都只能在编选过程中逐步弥补,敬请读者诸君多多指教。

目录

春 .... 朱自清 1

一日的春光 .... 冰　心 3

春之悲哀 .... 田　汉 6

春雨 .... 梁遇春 9

自春徂秋 .... 唐　弢 13

春底心 .... 丽　尼 18

我们把春天吵醒了 .... 冰　心 20

春颂 .... 茹志鹃 23

春雨的情思 .... 邓云乡 28

听听那冷雨 .... 余光中 31

据说春光又到了人间 ...... 国　桢 38

春雨 .... 王　莹 41

春雷 .... 朱　菅 43

春天汹涌 .... 黑 陶 45

大明湖之春 .... 老 舍 51

北平的春天 .... 周作人 54

五月的北平 .... 张恨水 57

钓台的春昼 .... 郁达夫 61

五月的青岛 .... 老 舍 69

春日游杭记 .... 林语堂 72

清音 .... 冯沅君 77

山区的春光 .... 金 近 82

台北的春天 .... 林文义 85

鸟声 .... 周作人 91

小桥·流水·人家 ...... 梅 苑 93

紫藤萝瀑布 .... 宗 璞 96

碧螺春汛 .... 艾 煊 98

风筝 .... 任大霖 106

见了樱花 .... 谌 容 113

采蕨日 .... 简　颒　120

春底林野 .... 许地山　127

窗外的春光 .... 庐　隐　129

春游 .... 成仿吾　132

春夜的幽灵 .... 静　农　138

春雨 .... 韦素园　142

春意挂上了树梢 .... 萧　红　146

清明 .... 丰子恺　149

小城春色 .... 吴祖光　153

度春荒 .... 孙　犁　159

岁交春 .... 汪曾祺　161

燀春 .... 林斤澜　163

屋里的春天 .... 艾　芜　165

迟来的春天 .... 黄秋耘　172

把窗子开向春天 .... 罗大冈　178

桐子花开的时候 .... 陆　棨　182

为了这春天 .... 罗　兰　191

春夜 .... 梅　阡　194

达古的春天 .... 阿　来　198

春

◎朱自清

盼望着，盼望着，东风来了，春天的脚步近了。

一切都像刚睡醒的样子，欣欣然张开了眼。山朗润起来了，水涨起来了，太阳的脸红起来了。

小草偷偷地从土里钻出来，嫩嫩的，绿绿的。园子里，田野里，瞧去，一大片一大片满是的。坐着，躺着，打两个滚，踢几脚球，赛几趟跑，捉几回迷藏。风轻悄悄的，草绵软软的。

桃树、杏树、梨树，你不让我，我不让你，都开满了花赶趟儿。红的像火，粉的像霞，白的像雪。花里带着甜味，闭了眼，树上仿佛已经满是桃儿、杏儿、梨儿。花下成千成百的蜜蜂嗡嗡地闹着，大小的蝴蝶飞来飞去。野花遍地是：杂样儿，有名字的，没名字的，散在花丛里，像眼睛，像星星，还眨呀眨的。

"吹面不寒杨柳风"，不错的，像母亲的手抚摸着你。风里带来些新翻的泥土的气息，混着青草味，还有各种花的香，都在微微润湿的空气里酝酿。鸟儿将窠巢安在繁花嫩叶当中，高兴起来了，呼朋引伴地卖弄清脆的喉咙，唱出宛转的曲子，跟轻风流水应和着。牛背上牧童的短笛，这时候也成天嘹亮地响。

雨是最寻常的，一下就是三两天。可别恼。看，像牛毛，像花针，像细丝，密密地斜织着，人家屋顶上全笼着一层薄烟。

树叶子却绿得发亮,小草也青得逼你的眼。傍晚时候,上灯了,一点点黄晕的光,烘托出一片这安静而和平的夜。乡下去,小路上,石桥边,撑起伞慢慢走着的人;还有地里工作的农夫,披着蓑,戴着笠的。他们的草屋,稀稀疏疏地在雨里静默着。

  天上风筝渐渐多了,地上孩子也多了。城里乡下,家家户户,老老小小,他们也赶趟儿似的,一个个都出来了。舒活舒活筋骨,抖擞抖擞精神,各做各的一份事去,"一年之计在于春";刚起头儿,有的是工夫,有的是希望。

  春天像刚落地的娃娃,从头到脚都是新的,它生长着。

  春天像小姑娘,花枝招展的,笑着,走着。

  春天像健壮的青年,有铁一般的胳膊和腰脚,他领着我们上前去。

一日的春光

◎冰心

去年冬末,我给一位远方的朋友写信,曾说:"我要尽量地吞咽今年北平的春天。"

今年北平的春天来得特别地晚,而且在还不知春在哪里的时候,抬头忽见黄尘中绿叶成荫,柳絮乱飞,才晓得在厚厚的尘沙黄幕之后,春还未曾露面,已悄悄地远引了。

天下事都是如此——

去年冬天是特别地冷,也显得特别地长。每天夜里,灯下孤坐,听着扑窗怒号的朔风,小楼震动,觉得身上心里,都没有一丝暖气,一冬来,一切的快乐,活泼,力量,生命,似乎都冻得蹲伏在每一个细胞的深处。我无聊地慰安自己说:"等着罢,冬天来了,春天还能很远么?"

然而这狂风,大雪,冬天的行列,排得意外地长,似乎没有完尽的时候。有一天看见湖上冰软了,我的心顿然欢喜,说:"春天来了!"当天夜里,北风又卷起漫天匝地的黄沙,忿怒地扑着我的窗户,把我心中的春意,又吹得四散。有一天看见柳梢嫩黄了,那天的下午,又不住地下着不成雪的冷雨,黄昏时节,严冬的衣服,又披上了身。有一天看见院里的桃花开了,这天刚刚过午,从东南的天边,顷刻布满了惨暗的黄云,跟着千枝风动,这刚放蕊的春英,又都埋罩在漠漠的黄尘里——

春

九十天看看过尽——我不信了春天!

几位朋友说:"到大觉寺看杏花去罢。"虽然我的心中,始终未曾得到春的消息,却也跟着大家去了。到了管家岭,扑面的风尘里,几百棵杏树枝头,一望已尽是残花败蕊;转到大工,向阳的山谷之中,还有几株盛开的红杏,然而盛开中气力已尽,不是那满树浓红、花蕊相间的情态了。

我想:"春去了就去了罢!"归途中心里倒也坦然,这坦然中是三分悼惜,七分憎嫌,总之,我不信了春天。

四月三十日的下午,有位朋友约我到挂甲屯吴家花园去看海棠,"且喜天气晴明"——现在回想起来,那天是九十春光中唯一的春天——海棠花又是我所深爱的,就欣然地答应了。

东坡恨海棠无香,我却以为若是香得不妙,宁可无香。我的院里栽了几棵丁香和真珠梅,夏天还有玉簪,秋天还有菊花,栽后都很后悔。因为这些花香,都使我头痛,不能折来养在屋里。所以有香的花中,我只爱兰花、桂花、香豆花和玫瑰,无香的花中,海棠要算我最喜欢的了。

海棠是浅浅的红,红得"乐而不淫",淡淡的白,白得"哀而不伤",又有满树的绿叶掩映着,秾纤适中,像一个天真、健美、欢悦的少女,同是造物者最得意的作品。

斜阳里,我正对着那几树繁花坐下。

春在眼前了!

这四棵海棠在怀馨堂前,北边的那两棵较大,高出堂檐约五六尺。花后是响晴蔚蓝的天,淡淡的半圆的月,遥俯树梢。这四棵树上,有千千万万玲珑娇艳的花朵,乱哄哄地在繁枝上挤着开……

看见过幼稚园放学没有？从小小的门里，挤着地跳出涌出使人眼花缭乱的一大群的快乐、活泼、力量和生命；这一大群跳着涌着的分散在极大的周围，在生的季候里做成了永远的春天！

那在海棠枝上卖力的春，使我当时有同样的感觉。

一春来对于春的憎嫌，这时都消失了，喜悦地仰首，眼前是烂漫的春，骄奢的春，光艳的春……似乎春在九十日来无数的徘徊瞻顾，百就千拦，只为的是今日在此树枝头、快意恣情的一放！

看得恰到好处，便辞谢了主人回来。这春天吞咽得口有余香！过了三四天，又有友人来约同去，我却回绝了，今年到处寻春，总是太晚，我知道那时若去，已是"落红万点愁如海"，春来萧索如斯，大不必去惹那如海的愁绪。

虽然九十天中，只有一日的春光，而对于春天，似乎已得了报复，不再怨恨憎嫌了。只是满意之余，还觉得有些遗憾，如同小孩子打架后相寻，大家忍不住回嗔作喜，却又不肯即时言归于好，只背着脸，低着头，噘着嘴说："早知道你又来哄我找我，当初又何必把我冰在那里呢？"

五，八夜，一九三六，北平

春之悲哀

◎田汉

　　薄寒中人的天气，何况又风雨连宵，把纸窗推开一望，我不觉失声叫道："你好苍白的脸，天啊！"庭前青翠的长松们有意无意地在他脸上乱晃，晃得他的脾气越大，脸色也越沉下来了。近窗几枝小翠柏，在雨中越青翠得爱人，可是不知伊心中有什么悲哀，无几根睫毛一样的小枝头含着无数颗溜圆圆、要坠不坠的泪珠儿，一见着轻轻拍伊肩头的风姨，便止不住泪珠儿纷纷地落下。枯树上几只 sentiment 的小鸟，正尖尖脆脆地唱"松山春雨"的歌儿，忽看见小柏儿这等伤悲，歌兴顿阑，又不好把什么普通的应酬话来慰藉伊，便一霎儿飞到别处唱去了。只有那打在瓦上、板上、地上的雨声，轻轻重重，远远近近地送到我耳鼓中来，使我忽然记起旧译罗细特·约翰生（Rossiter Johnson）的雨歌，歌曰：

　　　　他如何落，落，落，
　　　　落到这无涯的平陆！
　　　　他如何奔流到人家的门边！
　　　　他如何浸湿了行人的双足！
　　　　他如何低低敲着雨板儿鸣！
　　　　他如何打得藤芜碧草乱纷纷！
　　　　他如何太息，悲吟，低语，

从黄昏直到天明!

这首诗还是我去年春假中安排做《易慈(Yeats)与 A.E.》时译的,距今可一年了。可是读这首诗的时候的情调,却是一样的。因为同样是初春,同样是初春风雨;所不同者人世风狂雨骤,把我们俩瓣香低首的梅花,一夜摧残。西望故国,想招那一缕梅魂,又凄凄蒙蒙不知向何处招去。当这样风雨愁人的时候重读这首雨诗,真叫人太息、悲吟、低语,从黄昏直到天明啊。

"春来了!春来了!"这是我这一周来在被窝中间,花园中间,和野外边所听到的自然的私语——

阳春,阳春,美丽的阳春,
你载着荣誉与光明以俱降;
你用那绿叶、鲜花和蝴蝶之翼,
把地球弄成一个仙乡。
灿烂啊,莲馨花——勃蓬啊,紫罗兰,
馥郁的春风碎饱夫万花之间。
起来啊,懒汉!谁还能够昏昏鼾睡,
不见那云雀已在碧空之上,蜜蜂已在棕榈之巅?
唱起极美的歌,弹起极高的弦,
且弹且唱同迎此美丽的春天。

读歌客(Eliza Cook)这一节春歌,尤觉得满身都漂着"春之欢喜"(joy of the spring)。四季的职分:春生,夏长,秋成,冬藏。春之欢喜真是一种"生之欢喜"(joy of life)!我和漱瑜两人在冬上遇了 our dear father 的"死之悲哀"以来,就没有真欢喜过一天,天天以我们凄怆的心眼望着天的灰暗色的面

容！直到春天来了，天的脸色也为我们是 cheer up 几分了。我们的心、眼也清明几分了。想起梅舅去年的信上有"兹际一阳来复之候，万物皆有昭苏萌动之象，汝二人能从此努力遂其自然的生长，余所望也"之言，我们俩从去年春天一经到现在，到底遂了几分自然的成长虽不敢知，然今则云雀又在碧空之上了，蜜蜂又在棕榈之巅了，我们岂能不及时奋发以慰此厚望我们的人？再一思及此厚望我们者今已不幸成了隔世之人，谁又能自胜其悲哀呢？偶检爱读的德富芦花先生所著《自然与人生》的散文诗，至《春之悲哀》(Sorrow of the Spring)一则，此感益深。芦花先生曰：

  步着原野，仰观着霞曼之空，闻着草香，听着汤汤流水之歌，向着抚人似的和风的时候，忽起一种难堪的怀想。刚想要捉他，又没有痕迹了。我的灵魂能不追慕他那远别的天的故乡吗？自然在春天里真是一个慈母。人和自然融合，被抱在自然的怀中，哀有限的人生，慕无限的永劫——就是在慈母的怀中感一种甘美似的悲哀。

嘻！哀此有限的人生，慕彼无限的永劫（Grieve at our limited life here and long for limitless eternity somewhere）。这不是我的春之悲哀吗？

春雨

◎梁遇春

整天的春雨,接着是整天的春阴,这真是世上最愉快的事情了。我向来厌恶晴朗的日子,尤其是骄阳的春天;在这个悲惨的地球上忽然来了这么一个欣欢的气象,简直像无聊赖的主人宴饮生客时拿出来的那副古怪笑脸,完全显出宇宙里的白痴成分。在所谓大好的春光之下,人们都到公园大街或者名胜地方去招摇过市,像猩猩那样嘻嘻笑着,真是得意忘形,弄到变成为四不像了。可是阴霾四布或者急雨滂沱的时候,就是最沾沾自喜的财主也会感到苦闷,因此也略带了一些人的气味,不像好天气时候那样望着阳光,盛气凌人地大踏步走着,颇有上帝在上,我得其所的意思。至于懂得人世哀怨的人们,黯淡的日子可说是他们唯一光荣的时光。穹苍替他们流泪,乌云替他们皱眉,他们觉到四围都是同情的空气,仿佛一个堕落的女子躺在母亲怀中,看见慈母一滴滴的热泪溅到自己的泪痕,真是润遍了枯萎的心田。斗室中默坐着,忆念十载相违的密友,已经走去的情人,想起生平种种的坎坷,一身经历的苦楚,倾听窗外檐前凄清的滴沥,仰观波涛浪涌,似无止期的雨云,这时一切的荆棘都化作洁净的白莲花了,好比中古时代那班圣者被残杀后所显的神迹。"最难风雨故人来",阴森森的天气使我们更感到人世温情的可爱,替从苦雨凄风中

来的朋友倒上一杯热茶时候,我们很有放下屠刀,立地成佛子的心境。"风雨如晦,鸡鸣不已。"人类真是只有从悲哀里滚出来才能得到解脱,千锤百炼,腰间才有这一把明晃晃的钢刀,"今日把似君,谁为不平事。""山雨欲来风满楼",这很可以象征我们孑立人间,尝尽辛酸,远望来日大难的气概,真好像思乡的客子拍着栏杆,看到郭外的牛羊,想起故里的田园,怀念着宿草新坟里当年的竹马之交,泪眼里仿佛模糊辨出龙钟的父老蹒跚走着,或者只瞧见几根靠在破壁上的拐杖的影子。所谓生活术恐怕就在于怎么样当这么一个临风的征人罢。无论是风雨横来,无论是澄江一练,始终好像惦记着一个花一般的家乡,那可说就是生平理想的结晶,蕴在心头的诗情,也就是明哲保身的最后壁垒了;可是同时还能够认清眼底的江山,把住自己的步骤,不管这个异地的人们是多么残酷,不管这个他乡的水土是多么不惯,却能够清瘦地站着,戛戛然好似狂风中的老树。能够忍受,却没有麻木,能够多情,却不流于感伤,仿佛楼前的春雨,悄悄下着,遮着耀目的阳光,却滋润了百草同千花。檐前的燕子躲在巢中,对着如丝如梦的细雨呢喃,真有点像也向我道出此中的消息。

可是春雨有时也凶猛得可以,风驰电掣,从高山倾泻下来也似的,万紫千红,都付诸流水,看起来好像是煞风景的,也许是别有怀抱罢。生平性急,一二知交常常焦急万分地苦口劝我,可是暗室扪心,自信绝不是追逐事功的人,不过对于纷纷扰扰的劳生却常感到厌倦,所谓性急无非是疲累的反响罢。有时我却极有耐心,好像废殿上的玻璃瓦,一任他风吹雨打,霜蚀日晒,总是那样子痴痴地望着空旷的春天。我又好像能够在汉字碑面前坐下,慢慢地去冥想这块石板的深意,简直是个蒲团已碎,呆然跌坐着的老僧,想赶快将世事了结,可以抽身到紫竹林中去逍遥,跟把世事撇在一边,大隐隐于市,就站在热闹场中来仰观天上的白云,这两种心境原来是不相矛盾的。我虽然还没有,而且绝不会跳出人海的波澜,但是拳拳之意自己也略知一二,大概摆动于焦躁与倦怠之间,总以无可奈何天为中心罢。所以我虽然爱蒙蒙茸茸的细雨,我也爱大刀阔斧的急雨,纷至沓来,洗去阳光,同时也洗去云雾,使我们想起也许此后永无风恬日美的光阴了,也许老是一阵一阵的暴雨,将人世哀乐的踪迹都漂到大海里去,白浪一番,什么渣滓也看不出了。焦躁同倦怠的心境在此都得到涅槃的妙悟,整个世界就像客走后,撤下筵席,洗得顶干净,排在厨房架子上的杯盘。当个主妇的创造主看着大概也会微笑罢,觉得一天的工作总算告终了。最少我常常臆想这个还了本来面目的大地。

可是最妙的境界恐怕是尺牍里面那句滥调,所谓"春雨缠绵"罢。一连下了十几天的霉雨,好像再也不会晴了,可是时时刻刻都有晴朗的可能。有时天上现出一大片的澄蓝,雨脚也慢慢收束了,忽然间又重新点滴凄清起来,那种捉摸不到、万分别扭的神情真可以作这个哑谜一般的人生的象征。记得十几年前每当连朝春雨的时候,常常剪纸作和尚形状,把他倒贴在水缸旁边,意思是叫老天不要再下雨了,虽然看到院子里雨脚下一粒一粒新生的水泡我总觉到无限的欣欢,尤其当急急走过檐前,脖子上溅几滴雨水的时候。可是那时我对于春雨的情趣是不知不觉之间贪图到的,并没有凝神去寻找,等到知道怎么样去欣赏恬适的雨声时候,我却老在干燥的此地做客,单是夏天回去,看看无聊的骤雨,过一过雨瘾罢了。因此

"小楼一夜听春雨"的快乐当面错过,从我指尖上滑走了。盛年时候好梦无多,到现在彩云已散,一片白茫茫,生活不着边际,如堕五里雾中,对于春雨的怅惘只好算作内中的一小节罢,可是仿佛这一点很可以代表我整个的悲哀情绪。但是我始终喜欢冥想春雨,也许因为我对于自己的愁绪很有顾惜爱抚的意思;我常常把陶诗改过来,向自己说道:"衣沾不足惜,但愿恨无违。"我会爱凝恨也似的缠绵春雨,大概也因为自己有这种的心境罢。

自春徂秋

◎唐弢

PRELUDE

每夜,老村妇起来悄悄地数着她所窖藏的金钱,而岁月乃在循环的数字中默默地消逝了。

绿

小园已经有点春意了,首先是荡漾在杨柳枝头的绿雾,其次是清晨飞来的莺声;下过几阵细雨,荒坪又给涂上一层浅浅的颜色,青油油的,如沙漠上的绿洲,难道这不就是暗淡欲绝的人生里一线生机吗?

这 oasis 犹如着上"煮硾"的绿墨,一点点大起来。

园边,郊外,枝头,墙角,现在也印上一色春痕,似舒畅而实忧郁。岂不曾抱类似的心怀,在青春之前,愿舍戈戈生命,以追求明日的自由和幸福!

谁不爱一片茂绿呢?

向园外探首,我乃睹春意之烂漫。

落花岛

落花岛是神仙的家乡。

吃的,穿的,走的,住的,全都是美丽的花瓣,因为,它们终年不停地落着,落着,落着……

(单调的日子不分季节地流过了。)

你不厌倦吗?

落花岛是神仙的家乡。

雨

"予嫩芽以孕育;你却给花果以摧残了。"

听梨花低泣,使人恼一春烟雨,今夜,怕会有玄裳的燕子衔着零落的残红来入梦,灯影在摇动哩。

"你,把脚步放轻些!"

垂柳与白杨

在春天里我爱繁枝密叶的垂柳。

试设想溪边湖畔,当黄昏推出新月、水面浮上薄雾的时候,有三两柔条,在银光里飘拂,且不说栖莺系马,曾绾住离人多少相思,只看她泪人儿似的低头悄立,恰像有一腔冤抑,待向人细诉。

你曾为她的沉默而动心吗?

在秋天里我又爱萧萧的白杨。他是个出色的歌者。风前月下，拖着瘦长的身影，似流浪的诗人，向荒原踯躅，独个儿与地下人为邻。兴来时引吭高歌，更无须竖琴洞箫，有墙下的促织与田间的络纬相和。你不听见那曲子吗？郁勃苍凉，如猿鸣狐啼，聆余音哀转，小楼一角，正有人潸然泪下哩。

你的眼角湿了，是为他的孤独吗？

NOCTURNE

没有风，也不闻丝儿声音，
是什么织成一片清静？
看新月爬上桐梢，
远迢迢
千山无语，
良夜深如许！
（暗光中有影子浮动。）
夜游人
在拾掉落的梦。

也许是失路的阮籍，
也许是凭吊的拜伦，
或者如 Gickeihahn 山上猎屋里
老年的歌德重游旧地，
披开棘萝，
抱着饱经风霜的胸怀
重读三十年前亲笔的题诗
念生命渺渺，

白发的诗人泣下了。

残阳

有几所败垣颓壁，
矗立于夕照之中。
平林又落漠了。
如回忆拖着过去的影子，如梦呓噙住往昔的豪华，西风起来，你不怀念炎炎的七月吗？
"我要替霜林挂几瓣红叶。"
你这样做了。
"还去西天涂一抹晚霞。"
你做得并不坏。
然而，人们说这是回光返照，虽然树梢屋顶，至今还留着你的足迹，可是你终究替自己的前途安排下一个寂寞的命运了，这懒懒的病色的余晖。

西风里

带着孩子在傍晚的林荫路上散步，漫无目标地朝前走，也许小小的心里别有主见，我呢，我想偷片刻的闲暇以避去市廛的烦嚣。
斜阳拉长西风里的影子。
高林的蝉声颤抖着，似被劫持的少女的嚎哭；乌鸦背载红昏的到来而不安？
树梢扬起低语，而梧桐遂叶落了。

一条岔路横在我们的面前。

"向那边!"

顺着孩子的手指望去,不远的所在是一条小河,衰草披岸,三两蒲柳舞着少叶的枝条,石洞桥如寂寞地凝望着的眼睛,桥边的芦苇已经头白了。我设想这里有过一个美丽的春天。

孩子从茅草里钻出来,手里高擎着一朵晚凋的野花,高兴地跳跃着。

"你拈住一个春天了。"我脱口而出地说。

我从自己的语声里惊醒,回首四顾,季节确已消逝了。如果孩子的手里真有一个春天,那可不正是我所失去的吗?

1943年8月20日

春底心

◎丽尼

　　我寻找着,在春底怀中,想得到一枝桃花;春是这般地美丽的。
　　我几乎沉醉了,在春底怀中,但是我仍然继续着找寻。
　　少女们从我底身旁过去了,她们嗤嗤地笑着,说这是一个痴心的寻找,她们说:"看那痴心的寻找者。"
　　似乎是,我是在荆棘之中寻找桃花。

　　我寻找着,在春底怀中,想得到一枝桃花;春是这般地美丽的。
　　红色的引诱,如同处女底唇一样地,使我沉醉着,不断地寻找。
　　越过了荆棘,藤和刺扯住了我底衣角;微风似乎是在怨语,似乎是说我过甚地冷淡了她。
　　也许是吧?微风正吹动了我底薄衫。

　　我寻找着,在春底怀中,想得到一枝桃花;春是这般地美丽的。
　　苍古的庄园积废墟,我在幼时所曾沉醉的,如今都已被我遗忘。

当太阳沉落了,怕人的晚霞回照着我母亲底住屋的时候,有我儿时的游伴在那里轻声叹息。

但是,我仍然寻找着,离开着她们而寻找一枝桃花。

1931年4月

我们把春天吵醒了

◎冰心

季候上的春天,像一个困倦的孩子,在冬天温暖轻软的绒被下,安稳地合目睡眠。

但是,向大自然索取财富、分秒必争的中国人民,是不肯让它多睡懒觉的!六亿五千万人商量好了,用各种洪大的声音和震天撼地的动作来把它吵醒。

大雪纷飞。砭骨的朔风,扬起大地上尖刀般的沙土……我们心里带着永在的春天,成群结队地在祖国的各个角落里,去吵醒季候上的春天。

我们在矿山里开出了春天,在高炉里炼出了春天,在盐场上晒出了春天,在纺机上织出了春天,在沙漠的铁路上筑起了春天,在汹涌的海洋里捞出了春天,在鲜红的唇上唱出了春天,在挥舞的笔下写出了春天……

春天揉着眼睛坐起来了,脸上充满了惊讶的微笑:"几万年来,都是我睡足了,飞出冬天的洞穴,用青青的草色,用潺潺的解冻的河流,用万紫千红的香花……来触动你们,唤醒你们。如今一切都翻转了,伟大呵,你们这些建设社会主义的人们!"

春天,驾着呼啸的春风,拿起招展的春幡,高高地飞起了。

哗啦啦的春幡吹卷声中,大地上一切都惊醒了。

昆仑山,连绵不断的万丈高峰,载着峨峨的冰雪,插入青天。热海般的春气围绕着它,温暖着它,它微笑地欠伸了,身上的雪衣抖开了,融化了;亿万粒的冰珠松解成万丈的洪流,大声地欢笑着,跳下高耸的危崖,奔涌而下。它流入黄河,流入长江,流入银网般的大大小小的江河。在那里,早有亿万个等得不耐烦的、包着头或是穿着工作服的男女老幼,揎拳捋袖满面春风地在迎接着,把它带到清澈的水库里、水渠里,带到干渴的无边的大地里。

　　这无边的大地,让几千架的隆隆的翻土机,几亿把上下挥动银光闪烁的锄头,把它从严冬冰冷的紧握下,解放出来了。它敞开黝黑的胸膛,喘息着,等待着它的食粮。

　　亿万担的肥料,从猪圈里、牛棚里、工厂的锅炉里、人家的屋角里……聚集起来了,一车接着一车、一担连着一担地送来了。大地狼吞虎咽地吃饱了,擦一擦流油的嘴角和脸上的汗珠,站了起来,伸出坚强的双臂来接抱千千万万肥肥胖胖的孩子,把他们紧紧地搂在怀里。

　　这些是米的孩子,麦的孩子,棉花的孩子……笑笑嚷嚷地挤在这松软深阔的胸膛里,泥土的香气,熏得他们有点发昏,他们不住地彼此摇撼呼唤着叫:"弟兄们,姐妹们,这里面太挤了,让我出去疏散疏散吧!"

　　隐隐地他们听到了高空中春幡招展的声音;从千万扇细小的天窗里,他们看到了金雾般的春天的阳光。

　　他们乐得一跳多高!他们一个劲往上钻,好容易钻出了深深的泥土。他们站住了,深深地吸了一口春天的充满了欢乐的香气,悠然地伸开两片嫩绿的翅叶。

　　俯在他们上面,用爱怜亲切的眼光注视着他们的,有包着

花布头巾笑出酒涡来的大姑娘,也有穿着工作服的眉开眼笑的小伙子,也有举着烟袋在指点夸说的老爷爷……

原来他们又已经等得不耐烦了!

春天在高空中把这一切都看在眼里。它笑着自言自语地说:"这些把二十年当作一天来过的人,你们在赶时间,时间也在赶你们!"

春天搦上春幡赶快又走它的云中的道路。它是到祖国的哪一座高山、哪一处平原,或是哪一片海洋上去做它的工作,我们也没有工夫去管它了!

横竖我们已经把春天吵醒了!

春颂

◎茹志鹃

不知别人怎么样,我对春的认识,有一个相当长的过程。最早,还在儿童时代,什么春不春,好像和自己关系不大,也就很不够尊重。印象深刻的倒是过春节,不过,重视的是"节",也不是"春"。记得的内容,只一个字,就是"吃"。什么团团圆圆的汤团,年年高升的年糕,吃剩还应有余(鱼)的年夜饭,什么元宝茶、寸金糖等等。因为当时都是看人家吃的,所以印象也就特别深刻。到了稍大以后,在部队里,在战斗环境中,对春有了进一步的了解,觉得吃和春的关系稍远了点,感觉最深的,倒是她的气温。特别是在夜行军的时候,迎面刮来的风,不是那么凛冽刺骨了,可以感觉到自己身上是穿了棉衣的了。再大一点,除了她的温和之外,还感觉到了她带来的那股馨香,在天空中,在土地上,在在都可以闻到她的气息。再后来,更懂事了一点,我觉得人们如此热烈地欢迎春,总有它较深的含义。除了她是一年之首,大家都巴望有个良好的开端之外,恐怕还有一层意思,那就是在经历了冰封雪冻的严寒之后,对温暖,对绿色,对缤纷的色彩,对灿烂的阳光的无限期望。但是,春寒料峭,她的外氅上总还带着一股冷气,有时会给人以失望。不过,再细想想,这不是春的意愿。她刚来的时候,冬还控制着大地。人们不应该忘记,就在那朔风怒号、雪花也吓

得乱飞乱窜的时候,她却勇敢地、坚定不移地走来了。是她最先和严冬开始了搏斗。在搏斗中,她丧失了她自己身上原来的一点暖意,有时也熬白了脸,用冰凌装饰了她的前额,凛凛然,不可亲。我理解,这不是她,这是冬的阴影。冬隐匿在她的笑靥里,躲藏在她飘逸的长袖中,冷笑着,吹着肃杀的风,等待人们对春的失望。然而人们信赖她,欢迎她,因为她从前这样,现在也这样,年年都这样忘我地、艰巨地、暗暗地把热闹而丰盛的夏背负过来。当夏站起身,睁开眼的时候,于是她就在大地上只留下她的光,她的影,她培育的嫩芽新枝,然后悄悄离开,但等明年数九寒天、滴水成冰的时候再来。

春为一年之首,除了命运的安排,实在也只有她堪称一年之首,不愧为一年之首,人们爱她,原因也在这里。她快快活活地把自己斗争得来的伟业过渡给夏。当然,有时也难免有点缠绵,给人间落下一点贵如油的春雨,及时地把暖和过来的世界交给了夏。

不知别人怎么样,我是这样理解、称颂春的。

但在去年,在春已归去的时候,我在瑞士对春忽然有了一些新的理解。那是在日内瓦的老城里,靠近宗教改革墙那许多浮雕的不远处,看到一棵老野毛栗树。树身有一抱多粗,枝壮叶茂,荫影犹如中国的凉亭。据朋友介绍,这地方背风向阳,得知春来的消息最早。所以全日内瓦把这棵老树上绽出的第一片绿叶,作为春天到来的标志。据记载,一九七五年是春来最早的一年,一月份树就萌芽了。而我却想,这老树上的第一片绿叶,很可能不是春的到来,而是春经过了搏斗的结果,也很可能正是她要归去的时间。

然而,我后来发现,他们对春的理解也许是对的。特别是经过了鲁加诺湖畔、莫尔放德镇上的一次参观。参观的是卢斯卡养老院。由于这个区的富裕,所以这个养老院办得也十分体面,像是一所高级疗养院和旅社的结合。这里有漂亮的餐厅,有咖啡馆,有适于老年人运动的运动场,有晒太阳的地方,每一个走廊的尽头,都设有医药保健柜,还有一个专给不能行动的病人洗澡的浴室,只要把病人移坐在浴缸旁边的一张椅子上,一按电钮,椅子便升高并转动,到了浴缸上空,然后椅子再往下放,放到浴缸里边,扭开莲蓬头,便可以给病人洗澡了。据说是根据洗汽车的原理设计的。这样,一位护理人员,一小时便可为一二十位病人淋浴。从物质上来说,这儿应有尽有,设备条件都很好。但是,当养老院的经理为我们打开几间走廊上的房间以后,我的心却微微地颤栗了。这里有两人一房,一人一房,房里的布置、装饰都由各人自便。因此我在房里看到的无不都是老人们对于春的记忆,对她的怀念,对她的凭吊。墙上挂的是他们美人儿似的结婚玉照,桌上摆的是他们风华正茂的丰姿,以及他们小天使似的宝宝,柜上桌上每一件小摆设,都标明他们对春的留恋,他们颈上手上每一件饰物上都似乎在呼唤那逝去已久的春。一位白发如银的老太太正坐在靠窗的一把高背椅子上,腿上裹着毛茸茸的厚毯,护理员正把一张带轮的餐桌,推到她的面前帮她用餐。简直像个"太后",但"太后"看到我们却哭了,说是感谢我们远道去看望她。我知道这眼泪只有一点儿是属于感谢的,实在的多数是在追悼她那去远了的春天。

  这是五月的尽头,春去了不久的时候。从那里出来,好像是从一个过去了的世界里出来一样,心情有种难以言表的感伤。那一个个房间,虽是明亮的,整洁的,但我只感到黯淡窒

息，我好像有些怨春去得太急忙了。后来和一些瑞士的朋友谈及，她们的反应就不像我这样，甚至相反。她们认为，一个青年人到了十八岁，便不应该再依赖父母，也即是说父母对孩子的责任已尽，从此自己应该拍着目前稚嫩、然而日后必然刚健的翅膀去遨游，去觅食，去完成自己这一代的使命。而老人的任务却已完成。她们在养老院得到的照顾和享受并不比在家差。这话好像很有些道理，虽然硬了一点，缺乏一点感情色彩，不过立论却不能说不科学。于是我想起他们到底不是和孔丘同宗，不大像我们这样讲究孝道。实际上，人，不也是跟我所赞颂的春那样，也都负有一个过渡的任务，也只能起一个过渡的作用。人们称颂春，不因为她是春，而是称颂她的创造，伟大的，具体的，物质的业绩。我想到了和养老院隔湖相对的派拉底索镇。我在那里看到的，特别是看到年轻的朋友们给我们介绍时的那种热忱，那种自豪。这个镇傍鲁加诺湖，湖的远处是意大利的米兰。整个镇随着山势的起伏而建成。路面都是用整齐的小方块石头拼成，显得古色古香。镇的中心是大旅社，大商店，跟日内瓦、苏黎世一样。在一角广场上，露天的咖啡座占了一半的地面，花伞、桌椅，闲走的胖鸽子，热闹但不喧哗，幽静而不冷清。不愧是一处游览休息的胜地。

"但是，这里本来很穷。地处山区，而且都是石山，土地很少，没有任何资源。"给我们介绍情况的朋友，说得真是山穷水尽。我想，这不是我国常说、也常见的穷山沟吗！后来，朋友们说，他们的祖上就靠山吃山，靠水吃水。我想，他们的祖上为什么倒没有去搬土造梯田呢？……于是，朋友们说，他们就把这穷山沟开辟为游览地。这个风景如画的地方，给瑞士这个世界花园增添了光彩。

这个建设过程，不知经过了多少个春秋。绝不是这些喜滋滋的年轻人所能完成的。是他们的祖辈，父辈，是他们一代一代过渡下来，创建下来的。现在的青年仍在建树，世界在前进，鲁加诺也在前进。他们也在过渡，过渡给他们的子孙。

　　一想到这里，骤然之间我看到了无数的光束，射进了那所养老院，不，这里正休息着已经过渡过来的春。我看见那绚丽的花，生气蓬勃的画，光洁的走廊，洒满阳光的阳台，这是春住的地方。其实，我早就应该认识她们了。在我刚刚坐游艇过来的鲁加诺湖上，在那大桥旁许多钓鱼爱好者的脚下，在派拉底索镇的广场上，在莫尔放德的寂静的街道上，我都看见了她们撒下的光，她们散出的热。我看见了被她们暖和过来的绿山，被她们澄清了的湖水。她们在那一间间的房里，哪里是在怀念春，凭吊春，她们自己就是春啊！这就是我在去年春已归去的时候，在日内瓦所认识的春。年轻人充满感情介绍给我们的，正是她呀！她在后辈的口里传颂，那么自豪地传颂着。

　　春是具体的，物质的。她在日内瓦那棵老野毛栗树上创造出第一片人们看得见的绿叶，人们便欢迎她，赞扬她，她就是春，具体的，物质的春。这也可以说是我现在对春的认识。

春雨的情思

◎邓云乡

江南早春,是落雨的季节。"杏花春雨江南",这种境界,只能在江南领略。在深深的巷陌小楼边,在湿滑滑的近村田塍小路上,在摇着小船从石桥涵洞下出来时,在岸上几户人家的小园墙头……

这在北国是想象不到的。北国的春,燕山脚下的风沙,呼呼地震撼着沉睡了一冬的朴实的土地,"不刮春风地不开",吹开冻土、吹醒麦苗。那一派褐黄色的田垄,慢慢有绿意了,返青了,那黄土墙边、井台边上的两三株杏花,也含苞了。如果幸而今年不旱,落上一场雨,那真是落在大地的心窠里呀,多么珍贵啊,"春雨贵如油"呀!

"帘外雨潺潺",是江南春雨的特有情趣;"到黄昏,点点滴滴",是江南雨意的缠绵处,撩人心弦处,此即所谓"点点不离杨柳外,声声只在芭蕉里"也。"可怜薄命作君王"的落魄帝子,在汴梁午夜梦回,听到的还是金粉南朝的雨声;而饱经丧乱、故乡沦陷、家破夫亡的嫠妇,却不耐守着窗儿的点滴。前者只记繁华,后者更伤离乱,同为词人,应有轩轾。所谓知人论世,读古人词,自应想见其景、其情、其人。

三十余年前,由北国浪迹到江南,住在姑苏阊门外的一所楼上。那是一所很讲究的楼宇,楼窗是落地的,楼的主人不知哪里去了,整座的楼作为一所学校的教职工宿舍。我以一名教员的身份,在楼中得到一席之地。躺在床上,望着那高大的落地玻璃窗,窗外是几棵碧绿的梧桐,梧桐的枝叶空隙处,又能望见运河上悠悠而过的帆影,楼的后窗外是一条狭狭的石板路的巷子。姑苏春天的雨是耐人相思的,那年春天雨水也很多。我常常斜躺在床上,望着窗外的雨,点点滴滴地把梧桐叶子洗得又绿又亮,那湿漉漉的光泽像要沾到我身上一样。那树隙中高大的帆影,在雾蒙蒙的水汽中一片飘浮过去,一片又飘浮过来。我渐渐蒙眬了,耳边响着潺潺的雨声。我忽然想到,楼后面的那条小巷子,怎么没有卖花的声音呢?我多么憧憬放翁诗中的境界啊!童年时在北国山村中,在那如豆的菜油灯下,读过的诗句"小楼一夜听春雨,深巷明朝卖杏花",蓦地出现我的意念中。我玩味着这两句诗,似乎耳畔真的传来了那甜软的卖花声……这是多么充满着春之生机、浮动着美的情思的意境啊!

一年后,我到了杭州,住在羊坝头一所古老的房子中,这个地名,也还是放翁时的老地名。那是很老式的楼房,木制的方格子的和合楼窗,推开后,是一片片鱼鳞般的沾着青苔的瓦片。我住在这个古老的小楼上,欹在枕上,常常听着夜雨敲打着屋瓦的点点滴滴的声音,时而思远,时而怀人,那断断续续的思绪在一种诗的境界中徘徊着,会想起"一春梦雨常飘瓦"的缠绵,也会想起"春雨楼头尺八箫"的潇洒,但似乎都不同于放翁所写的意境,我感到:诗的境界,相差是多么微妙啊!而我还是常常在思念着卖花声……

有一个春雨绵绵的季节,我专门的工作是扫校园。你们知道吗?冬青树的叶子是在春天落。在霏霏的春雨中,我独

自扫着长长的一条林间小路,把落叶轻轻地扫着、扫着……我望着那扫过的路,那湿润的、干干净净的、望出去十分舒展的路,那样安详、那样坦然……雨还似有似无地下着,我这时忘却了一切,只观赏着那扫过的路。"春雨孩儿面",有一天在微雨中正扫着,忽然一片云,一阵风,大雨点来了。我连忙跑到路边一座倒塌了一半的花房下,坐在几块断砖上,望着那降下的雨帘,淅淅沥沥,越下越大。这时忽然想起:快到吃午饭的时候了,雨这么大,怎么办呢?我呆呆地望着,忽然想起了几句"小令皂罗袍":"今日里听雨在这颓垣下,这雨意和情思该放在那搭……"

这似乎也是一点点诗的情思。

头上未生灵骨,不配戴诗人的桂冠,但那春雨的情思,听雨的境界,那深深的石板路的巷子中、悠悠地传来的卖花声,我却也时时在思念着。如果去找,那喜悦的诗神不也常常在那霏霏的江南春雨中吗?

听听那冷雨

◎余光中

　　惊蛰一过,春寒加剧。先是料料峭峭,继而雨季开始,时而淋淋漓漓,时而淅淅沥沥,天潮潮地湿湿,即使在梦里,也似乎把伞撑着。而就凭一把伞,躲过一阵潇潇的冷雨,也躲过整个雨街迷宫式的长巷短巷,雨里风里,走入霏霏令人更想入非非。想这样子的台北凄凄切切完全是黑白片的味道,想整个中国整部中国的历史无非是一张黑白片子,片头到片尾,一直是这样下着雨的。这种感觉,不知道是不是从安东尼奥尼那里来的。不过那一块土地是久违了,二十五年,四分之一的世纪,即使有雨,也隔着千山万山,千伞万伞。二十五年,一切都断了,只有气候,只有气象报告还牵连在一起。大寒流从那块土地上弥天卷来,这种酷冷吾与古大陆分担。不能扑进她怀里,被她的裙边扫一扫吧也算是安慰孺慕之情。

　　这样想时,严寒里竟有一点温暖的感觉了。这样想时,他希望这些狭长的巷子永远延伸下去,他的思路也可以延伸下去,不是金门街到厦门街,而是金门到厦门。他是厦门人,至少是广义的厦门人,二十年来,不住在厦门,住在厦门街,算是嘲弄吧,也算是安慰。不过说到广义,他同样也是广义的江南人,常州人,南京人,川娃儿,五陵少年。杏花春雨江南,那是他的少年时代了。再过半个月就是清明。安东尼奥尼的镜头

摇过去,摇过去又摇过来。残山剩水犹如是。皇天后土犹如是。纭纭黔首纷纷黎民从北到南犹如是。那里面是中国吗？那里面当然还是中国,永远是中国。只是杏花春雨已不再,牧童遥指已不再,剑门细雨渭城轻尘也都已不再。然则他日思夜梦的那片土地,究竟在哪里呢？

在报纸的头条标题里吗？还是香港的谣言里？还是傅聪的黑键白键马思聪的跳弓拨弦？还是安东尼奥尼的镜底勒马洲的望中？还是呢,故宫博物院的壁头和玻璃橱内,京戏的锣鼓声中太白和东坡的韵里？

杏花。春雨。江南。六个方块字,或许那片土就在那里面。而无论赤县也好神州也好中国也好,变来变去,只要仓颉的灵感不灭,美丽的中文不老,那形象,那磁石一般的向心力当必然长在。因为一个方块字是一个天地。太初有字,于是汉族的心灵、祖先的回忆和希望便有了寄托。譬如凭空写一个"雨"字,点点滴滴,滂滂沱沱,淅沥淅沥淅沥,一切云情雨意,就宛然其中了。视觉上的这种美感,岂是什么 rain 也好 pluie 也好所能满足？翻开一部《辞源》或《辞海》,金木水火土,各成世界,而一入"雨"部,古神州的天颜千变万化,便悉在望中,美丽的霜雪云霞,骇人的雷电霹雹,展露的无非是神的好脾气与坏脾气,气象台百读不厌门外汉百思不解的百科全书。

听听,那冷雨。看看,那冷雨。嗅嗅闻闻,那冷雨。舔舔吧,那冷雨。雨在他的伞上,这城市百万人的伞上,雨衣上,屋上,天线上。雨下在基隆港,在防波堤,在海峡的船上,清明这季雨。雨是女性,应该最富于感性。雨气空蒙而迷幻,细细嗅嗅,清清爽爽新新,有一点点薄荷的香味。浓的时候,竟发出草和树沐发后特有的淡淡土腥气，也许那竟是蚯蚓和蜗牛的腥气吧，毕竟是惊蛰了啊。也许地上的地下的生命，也许古中国层层叠叠的记忆皆蠢蠢而蠕，也许是植物的潜意识和梦吧，那腥气。

第三次去美国，在高高的丹佛山居了两年。美国的西部，多山多沙漠，千里干旱。天，蓝似盎格鲁-撒克逊人的眼睛；地，红如印第安人的肌肤；云，却是罕见的白鸟。落基山簇簇耀目的雪峰上，很少飘云牵雾。一来高，二来干，三来森林线以上，杉柏也止步，中国诗词里"荡胸生层云"，或是"商略黄昏雨"的意趣，是落基山上难睹的景象。落基山岭之胜，在石，在雪。那些奇岩怪石，相叠互倚，砌一场惊心动魄的雕塑展览，给太阳和千里的风看。那雪，白得虚虚幻幻，冷得清清醒醒，那股皑皑不绝一仰难尽的气势，压得人呼吸困难，心寒眸酸。不过要领略"白云回望合，青霭入看无"的境界，仍须回中国。台湾湿度很高，最饶云气氤氲雨意迷离的情调。两度夜宿溪头，树香沁鼻，宵寒袭肘，枕着润碧湿翠苍苍交叠的山影和万籁都歇的岑寂，仙人一样睡去。山中一夜饱雨，次晨醒来，在旭日未升的原始幽静中，冲着隔夜的寒气，踏着满地的断柯折枝和仍在流泻的细股雨水，一径探入森林的秘密，曲曲弯弯，步上山去。溪头的山，树密雾浓，蓊郁的水汽从谷底冉冉升起，时稠时稀，蒸腾多姿，幻化无定，只能从雾破云开的空处，窥见乍现即隐的一峰半壑，要纵览全貌，几乎是不可能的。至少上山两次，只能在白茫茫里和溪头诸峰玩捉迷藏的游戏，回到台北，世人问起，除了笑而不答心自闲，故作神秘之外，实际的印象，也无非山在虚无之间罢了。云缭烟绕、山隐水迢的中国风景，由来予人宋画的韵味。那天下也许是赵家的天下，那

山水却是米家的山水。而究竟，是米氏父子下笔像中国的山水，还是中国的山水小纸像宋画。恐怕是谁也不清楚了吧？

雨不但可嗅，可观，更可听。听听那冷雨。听雨，只要不是石破天惊的台风暴雨，在听觉上总是一种美感。大陆上的秋天，无论是疏雨滴梧桐，或是骤雨打荷叶，听去总有一点凄凉，凄清，凄楚。于今在岛上回味，则在凄楚之外，更笼上一层凄迷了。饶你多少豪情侠气，怕也经不起三番五次的风吹雨打。一打少年听雨，红烛昏沉。二打中年听雨，客舟中，江阔云低。三打白头听雨在僧庐下。这便是亡宋之痛，一颗敏感心灵的一生，楼上，江上，庙里，用冷冷的雨珠子串成。十年前，他曾在一场摧心折骨的鬼雨中迷失了自己。雨，该是一滴湿漓漓的灵魂，在窗外喊谁。

雨打在树上和瓦上，韵律都清脆可听。尤其是铿铿敲在屋瓦上，那古老的音乐，属于中国。王禹偁在黄冈，破如椽的大竹为屋瓦。据说住在竹楼上面，急雨声如瀑布，密雪声比碎玉。而无论鼓琴，咏诗，下棋，投壶，共鸣的效果都特别好。这样岂不像住在竹筒里面，任何细脆的声响，怕都会加倍夸大，反而令人耳朵过敏吧。

雨天的屋瓦，浮漾湿湿的流光，灰而温柔，迎光则微明，背光则幽黯，对于视觉，是一种低沉的安慰。至于雨敲在鳞鳞千瓣的瓦上，由远而近，轻轻重重轻轻，夹着一股股的细流沿瓦槽与屋檐潺潺泻下，各种敲击音与滑音密织成网，谁的千指百指在按摩耳轮。"下雨了"，温柔的灰美人来了，她冰冰的纤手在屋顶拂弄着无数的黑键啊灰键，把响午一下子奏成了黄昏。

在古老的大陆上，千屋万户是如此。二十多年前，初来这岛上，日式的瓦屋亦是如此，先是天黯了下来，城市像罩在一块巨幅的毛玻璃里,阴影在户内延长复加深。然后凉凉的水意弥漫在空间,风自第一个角落里旋起,感觉得到,每一个屋顶上呼吸沉重都覆着灰云。雨来了,最轻的敲打乐敲打这城市。苍茫的屋顶,远远近近,一张张敲过去,古老的琴,那细细密密的节奏,单调里自有一种柔婉与亲切,滴滴点点滴滴,似幻似真,若孩时在摇篮里,一曲耳熟的童谣摇摇欲睡,母亲吟哦鼻音与喉音。或是江南的泽国水乡,一大筐绿油油的桑叶被啮于千百头蚕,细细琐琐屑屑,口器与口器咀咀嚼嚼。雨来了,雨来的时候瓦这么说,一片瓦说,千亿片瓦说,轻轻地奏吧沉沉地弹,徐徐地叩吧挞挞地打,间间歇歇敲一个雨季,即兴演奏从惊蛰到清明,在零落的坟上冷冷奏挽歌,一片瓦吟千亿片瓦吟。

在日式的古屋里听雨,听四月霏霏不绝的黄梅雨,朝夕不断,旬月绵延,湿黏黏的苔藓从石阶下一直侵到他舌底,心底。到七月,听台风台雨在古屋顶上一夜盲奏,千寻海底的热浪沸沸被狂风挟来,掀翻整个太平洋只为向他的矮屋檐重重压下,整个海在他的蜗壳上哗哗泻过。不然便是雷雨夜,白烟一般的纱帐里听羯鼓一通又一通,滔天的暴雨滂滂沛沛扑来,强劲的电琵琶忐忑忐忑忐忑,弹动屋瓦的惊悸腾腾欲掀起。不然便是斜斜的西北雨斜斜,刷在窗玻璃上,鞭在墙上打在阔大的芭蕉叶上,一阵寒濑泻过,秋意便弥漫日式的庭院了。

在日式的古屋里听雨,春雨绵绵听到秋雨潇潇,从少年听到中年,听听那冷雨。雨是一种单调而耐听的音乐是室内乐是室外乐,户内听听,户外听听,冷冷,那声乐。雨是一种回忆的音乐,听听那冷雨,回忆江南的雨下得满地是江湖,下在桥上和船上,也下在四川的秧田和蛙塘,下肥了嘉陵江下湿布谷

咕咕的啼声。雨是潮潮润润的音乐下在渴望的唇上,舔舔那冷雨。

因为雨是最最原始的敲打乐从记忆的彼端敲起。瓦是最最低沉的乐器灰蒙蒙地温柔覆盖着听雨的人,瓦是音乐的雨伞撑起。但不久公寓的时代来临,台北你怎么一下子长高了。瓦的音乐竟成了绝响。千片万片的瓦翩翩,美丽的灰蝴蝶纷纷飞走,飞入历史的记忆。现在雨下下来,下在水泥的屋顶和墙上,没有音韵的雨季。树也砍光了,那月桂,那枫树、柳树和擎天的巨椰,雨来的时候不再有丛叶嘈嘈切切,闪动湿湿的绿光迎接。鸟声减了啾啾,蛙声沉了阁阁,秋天的虫吟也减了唧唧。七十年代的台北不需要这些,一个乐队接一个乐队便遣散尽了。要听鸡叫,只有去《诗经》的韵里寻找。现在只剩下一张黑白片,黑白的默片。

正如马车的时代去后,三轮车的时代也去了。曾经在雨夜,三轮车的油布篷挂起,送她回家的途中,篷里的世界小得多可爱,而且躲在警察的辖区以外。雨衣的口袋越大越好,盛得下他的一只手里握一只纤纤的手。台湾的雨季这么长,该有人发明一种宽宽的双人雨衣,一人分穿一只袖子,此外的部分就不必分得太苛。而无论工业如何发达,一时似乎还废不了雨伞。只要雨不倾盆,风不横吹,撑一把伞在雨中仍不失古典的韵味。任雨点敲在黑布伞或是透明的塑料伞上,将骨柄一旋,雨珠向四方喷溅,伞缘便旋成了一圈飞檐。跟女友共一把雨伞,该是一种美丽的合作吧。最好是初恋,有点兴奋,更有点不好意思,若即若离之间,雨不妨下大一点。真正初恋,恐怕是兴奋得不需要伞的,手牵手在雨中狂奔而去,把年轻的长发和肌肤交给漫天的淋淋漓漓,然后向对方的唇上颊上尝凉凉甜甜的雨水。不过那要非常年轻且激情,同时,也只能发生在法国的新潮片里吧。

大多数的雨伞想不会为约会张开。上班下班,上学放学,菜市来回的途中,现实的伞,灰色的星期三。握着雨伞,他听那冷雨打在伞上。索性更冷一些就好了,他想。索性把湿湿的灰雨冻成干干爽爽的白雨,六角形的结晶体在无风的空中回回旋旋地降下来,等须眉和肩头白尽时,伸手一拂就落了。二十五年,没有受故乡白雨的祝福,或许头发上下一点白霜是一种变相的自我补偿吧。一位英雄,经得起多少次雨季?他的额头是水成岩削成还是火成岩?他的心底究竟有多厚的苔藓?厦门街的雨巷走了二十年与记忆等长,一座无瓦的公寓在巷底等他,一盏灯在楼上的雨窗子里,等他回去,向晚餐后的沉思冥想去整理青苔深深的记忆。前尘隔海,古屋不再。听听那冷雨。

据说春光又到了人间

◎国桢

据说:春光又到了人间——人间又变成春的世界了!啊,你这万人称颂的春光,竟这样幽然寂然不知不觉地来了。人间充满了春色,大地又要换上一套鲜艳娇嫩的服饰,耀得人们眼花缭乱,心悬意荡了。

桃花娘子把脸儿染得红红地迎人生笑,杨柳姐姐披上了绿色的衣裙把腰肢一扭一摇地骄夸舞态的婀娜,黄莺儿一声声奏着春之歌曲,小草儿偷偷地在地间透出尖尖的嫩叶迎着和风尽自东摇西摆,绿的水反映着青的天,枯黄的山岭还复了它青春的年龄。这世界真是太美丽了,太迷人了,也是太使青年的男女们而尚未享着青春幸福的朋友们难堪了!

这样一个美丽的世界,这样一个撩人的景色,快别错过了!假使你是有爱人的话,退一步讲,只要是一个异性的朋友,或竟是你认为未能满意的妻或夫都可将就,大家紧紧地携着手,肩儿并得齐齐地一同举着步,摸出几个血汗金钱,不要管天高地厚,不要想生活苦恼,一切都把它暂时忘一个掉,且在这融和的春光中,糊糊涂涂地快乐一番罢!

朋友,这种话,你不用以为我忘却了人生奋斗的精神而故意这样颓废无聊;且闭着眼静静地想一想:春光去了,明年仍是一样地要到人间,但是,你的青春,你应得为你自己的青春想一想，浪费了一时一刻，凭你富得门外面都堆满了钱也是买不还来，难道不应该爱惜一些的吗？唉，青春是一去不来的，我们不是必定要爱惜这春光，我们是不能不爱惜自己的青春啊！趁青春尚未完全消灭的时候，好好地运用一番。否则，世界真要被大肚皮的有钱畜生占尽了！你甘心吗？

现在，我又要说到那些孤独的朋友了。想起你们在这样明媚的春光之中，独自走来，又独自走去，真太可怜了！你们不必矫情否认而嘴硬，事实总是事实，可怜的事迹，总是可怜的呀！可是你们也不必灰心；这样的世界放在眼前，正是一片大好角逐之场。快睁开眼睛，放些精神出来，走到幽密的山林，走到静寂的河溪，走到蜜蜂儿正在采取的花丛之中，走到银灰色照映着树梢的月明之下，走走找找，找一个你心目中所认为合意的伴侣罢！倘然一个不够，就找他两个，两个再不够，不妨三个，好在交异性朋友不一定要讲恋爱，即使一定要讲恋爱，那末大人先生们小老婆一搂五六个，苦朋友们难道多交一个异性朋友都不许吗？倘然恋爱问题下的忠实信徒要以我这种话为可杀，那末我就不客气，先请他杀几个三妻四妾的大人先生给我看看！

虽然，这样终究觉得太浪漫了，太自私自利了；但是，说总要这样地说。倘连说说都不能够，我们真只有在春光明媚之中做一出喜剧——寻死路了！（注）

最后，少不得又要说到我自己：我也知道桃花是血一般红了，杨柳是一丝丝绿了，一切的红的绿的，都被春风一阵阵地催出地面了。但是这些，不是我所有的，像我，只配等桃花一瓣瓣逐着流水漂浮，杨柳一丝丝变成了焦黄面皮，那时候，贮着我一副欲流无从流起的酸泪，走到一个人迹不到的荒冢古

墓旁边，站立在稀星暗月之下，用自己的两只手，抱住自己的一颗头，痛哭一番，算是凭吊我自己未灭的灵魂罢！天呀！

（注）寻死路而加以喜剧两字者，因为这些，在快乐的游赏者目光中看来，未始不是春光之中的一种点缀啊。

1931 年

春雨

◎王莹

清晨,迷蒙中;觉着有谁轻轻地敲着窗纱。

为了几天来,做了恶的梦,那爵士音乐和红绿灯下的梦。

天气暗而且冷,而且是春天里的冬天。

那些人的话,说谎的话,全都听得疲倦了。那些险诈的心,黑的心,冷的心,也全都见得厌倦了!

那戴着假面具的脸,是更可憎恶的啊!

想着那些可怕的事:那映画中照出来的浮肿的脸,那沾染了文明戏的惨败的自己的影片,便像被刺着一般地,心,微微地觉着痛。

……而且又是春天里的冬天,这样想看,便拉上了窗纱,沉沉地睡了。

迷蒙中,仿佛又有谁说着话,那么幽微地,便睁开了眼睛,窗外飘进了丝丝的细雨,那是春的雨,春的雨啊!那么温柔的晶莹的雨,高兴的心便嚷了起来。

"辜负了这样的雨是不行的啊。"想着,便忙着披上了衣服,撑起伞,一个人,悄悄地,跑去访问那拥着绿的柳条和小鸟的春底朋友们。

公园的门旁,站着四个年轻的人,在做着手势,管门的人却说:

"哑子啊,没有票是不能进去的。"

望着那失望的脸,心里便暗暗地想了,在这黑暗的世间,聋了岂不更好?可以不听见那些可憎的话语,没有眼睛的人是更可以忘去那鄙俗的一流的存在啊!

我悲哀我有一双眼睛。

园内,晶莹的细雨吻着嫩黄的玉簪花,吻着垂到地的柳条。春底风,轻轻地吹拂着,便那么软软地,温柔地摇摆起来——是春底纤手织成的锦障。

那么恬美,又是那么寂静,没有一个人,什么好像都在做着期待的梦。

"为了要会你,忘记了惧怕,在幽寂的小径中,寂寞地走着,我一个人啊!"和着小鸟的恋歌,便低唱着这富有温情的调子。在嫩黄的密叶中,我坐下了。丝丝的细雨,飘到我的头发上,飘到我的衣襟里。觉着无限地凄凉,无限地喜悦。

这枝头跳到那枝头,小鸟好像互相说着知心的话。我爱它们,它们也爱着我,可是,它们却不肯飞到我的肩上来,虽然这样爱我;是为了我是存活在这黑暗世间里面的人,不信任我吧?

"假如,我也有羽,我会和你们一同地,一同地飞到那迢迢的蔚蓝的海岸,青色的天空,我决不愿做一个存活在黑暗世间里面的人哩。"这样,在心的深处默默地悲伤地将这几句话告诉那些可爱的小鸟们时,泪珠已经流到被风吹得冷冷的脸上,溶合在春雨中,滴到嫩黄的密叶中了。

那么恬美,又是那么寂静,没有一个人,好像什么都在做着期待的梦。

1933 年 5 月

春雷

◎朱菅

该是多么动人的那两个字:"春雷。"雷底震撼,那种神秘性的隆隆的声音,响动时谁都会受到震惊。即是流行一些说,那声音有如巨轮底转动,也令我联想到"时代底轮子"等等。

据说,春天第一次雷后,地下的虫子们,便由蛰眠而醒来了,蠕动,而且翻身了。那些草跟花树之类,也喜欢在那种节候中茁芽。似乎第一次的春雷,是如此伟大。

不过这雷,我说太迟了,好多天以来少年人们早已在醉人的气候中醒了,懂得他们青春底珍贵,正在一点也不吝惜地使用着他们底活力。即如昨天那个游旅,少年的友人们自是活跃,可喜地富有着蓬勃之气。

这"春雷",敲击着我回忆底巨坛,把昨日旧地重游的意绪激涌了起来。可说是一种委婉的惧怯,在系着于恋念的旧地,差不多是由于伤感的,而伤感则谁都该有,且谁都不配干涉,我以为。

好像重游之下,那浅浅的山,那全浴着阳光的梅花林子,睡眠般脉动的湖水,兴奋的游客等,都是索然无味地撩拨起人底愁味来了。

所以,感慨是不能不有了;然而为了安宁,我总极力地掩藏;我更顶会小心,常偷视着别人,是否太聪明地已发觉了我

底正在伤感。

　　那个游旅是如此地令我疲弱,回来自然希望一个平安的睡眠,不过终究被伤念所追击,而昨晚成就了一次可怕的失眠。

　　忽然今晚响了春雷了,我抛却希求着的熟睡,兴奋了。虽然为了风雨而又复寒冷,但总觉到春天真是满着活跃;虫子打从今天起便醒了,蠕动了;我永不曾冬蛰,恐也将永没苏醒。

　　隆隆地,夜将半时,外边还断续地响着"春雷"。

1934 年 6 月

春天汹涌

◎黑陶

　　晶莹,以及发自内部的一种收敛的炫丽。盐——城。黄色大海边上用晶亮的白色盐块堆垒的迷宫之城。街道,橱窗,人家黑暗的卧室,尖耸塔楼,优雅浑圆的店堂廊柱,观光的露台,骑马的军人雕塑……在任何一个精致细小的部位,我品尝着神秘之盐。透明的城。方言(圆活、柔野特征)。盐的迷宫。盐的迷宫里,同时漫逸四月油菜和绿麦的化学分子。在这个晶莹的王国(黄海从远处努力拍撼着这个白色王国),夜晚也是光明而炫丽的。特别是春天夜晚中的一个婚礼,尤其显得像一束绚烂的火花,在这个貌似虚幻的世界里熠熠生辉。从结晶的盐(或说是玻璃)的光影里,伴随着一首外国乐曲,新郎和新娘出现在宾客们预先设置好的时间展台上。结实又激动的新郎。红色的新娘则使整个透明的盐城在夜晚八点掠过一道桃色的气韵。酒。五彩荧屏上跳舞的脸和大腿。大海拍撼王国。麦和菜花的味道。扎满丝带和玫瑰的轿车藏着一对新人驶入盐的深处(揣着喜糖、满面油光的客人也已四散)。在白色晶体的另一空间,红色的新娘将会重新呈现。红色——新郎首先面临了吉祥,接下去遭遇的,便是彼此间奉献的、秘密而又消耗体能的——人类美餐。

　　无边无际的油菜和绿麦。充斥大海边起伏陆地的油

菜和绿麦。四月深夜的大雨覆盖发情植物的国度。浓郁、澎湃、压抑又旺盛四溢,那雨里金黄和翠绿的燃烧啊!他们尽情地拥抱、恣肆、生育数不清的孩子、呼啸合唱,像膏汁的铁水般涌来漾去——这其实是无人能知的秘密(因为发生在人类睡眠的深夜)。花朵和茎叶在雨夜喷吐着香气,在雨水的鞭打之下,发情的海边的土地,像一位心甘情愿的受虐者。

……乡村诗人庞余亮蜷睡在城里旅馆的床铺上。午后,疲惫的轻轻鼾声带来凉意。梦呓中他将一件外衣搭在身上。他正在做梦。醒后依然心有余悸:有好多人对他进行追杀。地点我没问,不知是否在他执教的那所几乎被油菜和绿麦淹没的偏僻乡村中学。菜花和麦子充满了他的诗歌(精神)和日常(物质)生活。我感动于他的一个比喻:麦子是男孩,油菜是女孩,他们两小无猜,亲密无间。后来,女孩发育早,油菜便早早地长高了,开花了,最后就——被人提前收割了——出嫁了。所以,五月天空下成熟的麦子总是涌动难以言说的寂寞和忧伤。《菜薹在轻轻喊疼》,这是他新写的小说。一个精神受挫的女大学生被送返她的乡村,在菜花和麦子的平原上,她独自漫游。轻轻地,是这个蜷睡着的乡村诗人在为她,为寂静的春天的土地,喊疼。

带着菜花和麦子气息的风在下午空荡荡的春天街道上来来回回。硕士教师、英文小说翻译者义海在星期天师专的门口等待我们的到来。(现在他的话越来越少,每次见面,总是一个人埋头喝酒,然后脸红红地坐在那儿抽烟。——之前孙昕晨这样介绍义海。)校园内部。陈旧教工家舍的某五楼朝南房间外有一狭小阳台,这是义海栽种大蒜、晾晒衣裳的不封闭阳台。有些部位已经剥落,显露水泥围栏内的三两根锈迹钢筋。站在阳台上,下午春天街道上的风(带有菜花和麦子的气息)会温暖地钻入你的袖管和衣领(这种感觉,是普鲁斯特站在巴黎里兹饭店的豪华阳台上所不会有的)。所以,即使入夜,义海也总有片刻会逃离房内的光明,站在凌空的此地,眺望属于他一个人的风景:操场上仍在奔跑踢球的学生;在阶梯教室曾经聆听过他的外国文学课而此时在草坪上亲密漫步的学生情侣;还有,就是闪烁声音和零散灯光的黑暗,以及从黑暗中生出的邈远思绪。白昼的南房间(书房)仍然是零乱而拥挤。西墙被高矮不等的书橱占领,橱内当然爆满(多为七十和八十年代出版的中外文学书籍。也有搁在橱边的新书,是《傲慢与偏见》,封面印有这样的文字:"简·奥斯汀著,义海译"),橱顶也堆着纸箱,一只是"椰汁酥饼干"纸箱,另一只是"豪华搓式鸿运扇",里面大概也是书吧。东墙则留有他女儿的幼稚涂鸦。逼仄的空间上部,积满油腻和灰尘的绿色吊扇凝滞在天花板下(它要等到夏天才会复活并转动翅膀)。南窗旧书桌上,摊放他正在阅读的佛学著作(为考苏州大学的比较文学博士而苦读)。后来在书籍堆中的一块红布下发现了他的笔记本电脑(满是经年累月的手的痕迹),速度很慢,但义海用起来似乎随心所欲,他站着给我们表演:用英文急雨般打出了半首卡朋特的《昔日重来》。键盘上起落的手指,像一个个跳舞的精灵。在阳台上进来的春天温暖的风中,这些跳舞的手指,给在场的每一个人留下了深刻印象。

  结实、闪亮、沉甸甸的——雨。又回到夜雨酣畅的海边土地。近乎疯狂地覆涌、生长着的油菜和绿麦的呼吸,使得深夜大地的胸脯起伏不定。雨,结实、闪亮、沉甸甸的雨,一颗又一

颗，亿万密集地聚于空中，想把世界照亮，但是，夜（强大的、无穷无尽的），仍然不动声色地蒙盖了它们。孤单、湿透了的长途汽车在酣雨的、被油菜和绿麦夹挤住的海边乡村公路上继续行驶。这又黑又沉又亮的四月之夜啊！

大明湖之春

◎老舍

北方的春本来就不长,还往往被狂风给七手八脚地刮了走。济南的桃李丁香与海棠什么的,差不多年年被黄风吹得一干二净,地暗天昏,落花与黄沙卷在一处,再睁眼时,春已过去了!记得有一回,正是丁香乍开的时候,也就是下午两三点钟吧,屋中就非点灯不可了;风是一阵比一阵大,天色由灰而黄,而深黄,而黑黄,而漆黑,黑得可怕。第二天去看院中的两株紫丁香,花已像煮过一回,嫩叶几乎全破了!济南的秋冬,风倒很少,大概都留在春天刮呢。

有这样的风在这儿等着,济南简直可以说没有春天;那么,大明湖之春更无从说起。

济南的三大名胜,名字都起得好:千佛山,趵突泉,大明湖,都多么响亮好听!一听到"大明湖"这三个字,便联想到春光明媚和湖光山色等等,而心中浮现出一幅美景来。事实上,可是,它既不大,又不明,也不湖。

湖中现在已不是一片清水,而是用坝划开的多少块"地"。"地"外留着几条沟,游艇沿沟而行,即是逛湖。水田不需要多么深的水,所以水黑而不清;也不要急流,所以水定而无波。东一块莲,西一块蒲,土坝挡住了水,蒲苇又遮住了莲,一望无景,只见高高低低的"庄稼"。艇行沟内,如穿高粱地然,热气

腾腾,碰巧了还臭气杠杠。夏天总算还好,假若水不太臭,多少总能闻到一些荷香,而且必能看到些绿叶儿。春天,则下有黑汤,旁有破烂的土坝;风又那么野,绿柳新蒲东倒西歪,恰似挣命。所以,它既不大,又不明,也不湖。

话虽如此,这个湖到底得算个名胜。湖之不大与不明,都因为湖已不湖。假若能把"地"都收回,拆开土坝,挖深了湖身,它当然可以马上既大且明起来:湖面原本不小,而济南又有的是清凉的泉水呀。这个,也许一时做不到。不过,即使做不到这一步,就现状而言,它还应当算作名胜。北方的城市,要找有这么一片水的,真是好不容易了。千佛山满可以不算数儿,配作个名胜与否简直没多大关系,因为山在北方不是什么难找的东西呀。水,可太难找了。济南城内据说有七十二泉,城外有河,可是还非有个湖不可。泉、池、河、湖,四者具备,这才显出济南的特色与可贵。它是北方唯一的"水城",这个湖是少不得的。设若我们游湖时,只见沟而不见湖,请到高处去看看吧,比如在千佛山上往北眺望,则见城北灰绿的一片——大明湖;城外,华鹊二山夹着弯弯的一道灰亮光儿——黄河。这才明白了济南的不凡,不但有水,而且是这样多呀。

况且,湖景若无可观,湖中的出产可是很名贵呀。懂得什么叫作美的人或者不如懂得什么好吃的人多吧,游过苏州的往往只记得此地的点心,逛过西湖的提起来便念道那里的龙井茶,藕粉与莼菜什么的,吃到肚子里的也许比一过眼的美景更容易记住,那么大明湖的蒲菜,茭白、白花藕,还真许是它驰名天下的重要原因呢。不论怎么说吧,这些东西既都是水产,多少总带着些南国风味;在夏天,青菜挑子上带着一束束的大白莲花菁葵出卖,在北方大概只有济南能这么"阔气"。

我写过一本小说——《大明湖》——在"一·二八"与商务印书馆一同被火烧掉了。记得我描写过一段大明湖的秋景,词句全想不起来了,只记得是什么什么秋。桑子中先生给我画过一张油画,也画的是大明湖之秋,现在还在我的屋中挂着。我写的,他画的,都是大明湖,而且都是大明湖之秋,这里大概有点意思。对了,只是在秋天,大明湖才有些美呀。济南的四季,唯有秋天最好,晴暖无风,处处明朗。这时候,请到城墙上走走,俯视秋湖,败柳残荷,水平如镜;唯其是秋色,所以连那些残破的土坝也似乎正与一切景物配合:土坝上偶尔有一两截断藕,或一些黄叶的野蔓,配着三五枝芦花,确是有些画意。"庄稼"已都收了,湖显着大了许多,大了当然也就显着明。不仅是湖宽水净,显着明美,抬头向南看,半黄的千佛山就在面前,开元寺那边的"橛子"——大概是个塔吧——静静地立在山头上。往北看,城外的河水很清,菜畦中还生着短短的绿叶。往南往北,往东往西,看吧,处处空阔明朗,有山有湖,有城有河,到这时候,我们真得到个"明"字了。桑先生那张画便是在北城墙上画的,湖边只有几株秋柳,湖中只有一只游艇,水作灰蓝色,柳叶儿半黄。湖外,他画上了千佛山;湖光山色,连成一幅秋图,明朗,素净,柳梢上似乎吹着点不大能觉出来的微风。

　　对不起,题目是大明湖之春,我却说了大明湖之秋,可谁教亢德先生出错了题呢!

北平的春天

◎周作人

北平的春天似乎已经开始了,虽然我还不大觉得。立春已过了十天,现在是七九六十三的起头了,布衲摊在两肩,穷人该有欣欣向荣之意。光绪甲辰即一九〇四年小除那时我在江南水师学堂曾作一诗云:

一年倏就除,风物何凄紧。
百岁良悠悠,白日催人尽。
既不为大椿,便应如朝菌。
一死息群生,何处问灵蠢。

但是第二天除夕我又作了这样一首云:

东风三月烟花好,凉意千山云树幽。
冬最无情今归去,明朝又得及春游。

这诗是一样地不成东西,不过可以表示我总是很爱春天的。春天有什么好呢,要讲他的力量及其道德的意义,最好去查盲诗人爱罗先珂的抒情诗的演说,那篇世界语原稿是由我笔录的,译本也是我写的,所以约略都还记得,但是这里誊录自然也更可不必了。春天的是官能的美,是要去直接领略的,关门歌颂一无是处,所以这里抽象的话暂且割爱。

且说我自己的关于春的经验,都是与游有相关的。古人虽说以鸟鸣春，但我觉得还是在别方面更感到春的印象，即是水与花木。迂阔地说一句，或者这正是活物的根本的缘故吧。小时候，在春天总有些出游的机会，扫墓与香市是主要的两件事，而通行只有水路，所在又多是山上野外，那么这水与花木自然就不会缺少的。香市是公众的行事，禹庙南镇香炉峰为其代表，扫墓是私家的，会稽的乌石头调马场等地方至今在我的记忆中还是一种代表的春景。庚子年三月十六日的日记云：

> 晨坐船出东郭门，挽纤行十里，至绕门山，今称东湖，为陶心云先生所创修，堤计长二百丈，皆植千叶桃垂柳及女贞子各树，游人颇多。又三十里至富盛埠，乘兜轿过市行三里许，越岭，约千余级。山上映山红牛郎花甚多，又有蕉藤数株，著花蔚蓝色，状如豆花，结实即刀豆也，可入药。路旁皆竹林，竹萌之出土者粗于碗口而长仅二三寸，颇为可观。忽闻有声如鸡鸣，阁阁然，山谷皆响，问之轿夫，云系雉鸡叫也。又二里许过一溪，阔数丈，水没及骭，舁者乱流而渡，水中圆石颗颗，大如鹅卵，整洁可喜。行三四里至墓所，松柏夹道，颇称闳壮。方祭时，小雨簌簌落衣袂间，幸即晴霁。下山午餐，下午开船。将进城门，忽天色如墨，雷电并作，大雨倾注，至家不息。

旧事重提，本来没有多大意思，这里只是举个例子，说明我春游的观念而已。我们本是水乡的居民，平常对于水不觉得怎么新奇，要去临流赏玩一番，可是生平与水太相习了，自有一种情分，仿佛觉得生活的美与悦乐之背景里都有水在，由水而生的草木次之，禽虫又次之。我非不喜禽虫，但他总离不了草木，不但是吃食，也实是必要的寄托，盖即使以鸟鸣春，这

鸣也得在枝头或草原上才好,若是雕笼金锁,无论怎样地鸣得起劲,总使人听了索然兴尽也。

话休烦絮。到底北平的春天怎么样了呢。老实说,我住在北京和北平已将二十年,不可谓不久矣,对于春游却并无什么经验。妙峰山虽热闹,尚无暇瞻仰,清明郊游只有野哭可听耳。北平缺少水气,使春光减了成色,而气候变化稍剧,春天似不曾独立存在,如不算他是夏的头,亦不妨称为冬的尾,总之风和日暖让我们著了单袷可以随意徜徉的时候真是极少,刚觉得不冷就要热了起来了。不过这春的季候自然还是有的。第一,冬之后明明是春,且不说节气上的立春也已过了。第二,生物的发生当然是春的证据,牛山和尚诗云,春叫猫儿猫叫春,是也。人在春天却只是懒散,雅人称曰春困,这似乎是别一种表示。所以北平到底还是有他的春天,不过太慌张一点了,又欠腴润一点,叫人有时来不及尝他的味儿,有时尝了觉得稍枯燥了,虽然名字还叫作春天,但是实在就把他当作冬的尾,要不然便是夏的头,反正这两者在表面上虽差得远,实际上对于不大承认他是春天原是一样的。

我倒还是爱北平的冬天。春天总是故乡的有意思,虽然这是三四十年前的事,现在怎么样我不知道。至于冬天,就是三四十年前的故乡的冬天我也不喜欢:那些手脚生冻瘃,半夜里醒过来像是悬空挂着似的上下四旁都是冷气的感觉,很不好受,在北平的纸糊过的屋子里就不会有的。在屋里不苦寒,冬天便有一种好处,可以让人家做事,手不僵冻,不必炙砚呵笔,于我们写文章的人大有利益。北平虽几乎没有春天,我并无什么不满意,盖吾以冬读代春游之乐久矣。

二十五年二月十四日

五月的北平

◎张恨水

能够代表东方建筑美的城市,在世界上,除了北平,恐怕难找第二处了。描写北平的文字,由国文到外国文,由元代到今日,那是太多了,要把这些文字抄写下来,随便也可以出百万言的专书。现在要说北平,那真是一部廿四史,无从说起。若写北平的人物,就以目前而论,由文艺到科学,由最崇高的学者到雕虫小技的绝世能手,这个城圈子里,也俯拾即是,要一一介绍,也是不可能。北平这个城,特别能吸收有学问、有技巧的人才,宁可在北平为静止得到生活无告的程度,他们不肯离开。不要名,也不要钱,就是这样穷困着下去。这实在是件怪事。你又叫我写哪一位才让圈子里的人过瘾呢?

静的不好写,动的也不好写,现在是五月(旧的历法合四月),我们还是写点五月的眼前景物吧。北平的五月,那是一年里的黄金时代。任何树木,都发生了嫩绿的叶子,处处是绿荫满地。卖芍药花的担子,天天摆在十字街头。洋槐树开着其白如雪的花,在绿叶上一球球地顶着。街,人家院落里,随处可见。柳絮飘着雪花,在冷静的胡同里飞。枣树也开花了,在人家的白粉墙头,送出兰花的香味。北平春季多风,但到五月,风季就过去了(今年春季无风)。市民开始穿起夹衣,在不暖的阳光里走。北平的公园,既多又大。只要你有工夫,花不

成其为数目的票价,亦可以在锦天铺地、雕栏玉砌的地方消磨一半天。

照着上面所谈,这范围还是太广,像看《四库全书》一样。虽然只成个提要,也觉得应接不暇。让我来缩小范围,只谈一个中人之家吧。北平的房子,大概都是四合院。这个院子,就可以雄视全国建筑。洋楼带花园,这是最令人羡慕的新式住房。可是在北平人看来,那太不算一回事了。北平所谓大宅门,哪家不是七八上下十个院子?哪个院子里不是花果扶疏?这且不谈,就是中产之家,除了大院一个,总还有一两个小院相配合。这些院子里,除了石榴树、金鱼缸,到了春深,家家由屋里度过寒冬搬出来。而院子里的树木,如丁香、西府海棠、藤萝架、葡萄架、垂柳、洋槐、刺槐、枣树、榆树、山桃、珍珠梅、榆叶梅,也都成人家普通的栽植物,这时,都次第地开过花了。尤其槐树,不分大街小巷,不分何种人家,到处都栽着有。在五月里,你如登景山之巅,对北平城作个鸟瞰,你就看到北平市房全参差在绿海里。这绿海就大部分是槐树造成的。

洋槐传到北平,似乎不出五十年。所以这类树,树木虽也有高到五六丈的,都是树干还不十分粗。刺槐却是北平的土产,树兜可以合抱,而树身高到十丈的,那也很是平常。洋槐是树叶子一绿就开花,正在五月,花是成球地开着,串子不长,远望有些像南方的白绣球。刺槐是七月开花,都是一串串有刺,像藤萝(南方叫紫藤)。不过是白色的而已。洋槐香浓,刺槐不大香,所以五月里草绿油油的季节,洋槐开花,最是凑趣。

在一个中等人家,正院子里可能就有一两株槐树,或者是一两株枣树。尤其是城北,枣树逐家都有,这是"早子"的谐音,取一个吉利。在五月里,下过一回雨,槐叶已在院子里着上一片绿阴。白色的洋槐花在绿枝上堆着雪球，太阳照着，非常地好看。枣子花是看不见的，淡绿色，和小叶的颜色同样，而且它又极小，只比芝麻大些，所以随便看不见。可是它那种兰蕙之香，在风停日午的时候，在月明如昼的时候，把满院子都浸润在幽静淡雅的境界。假使这人家有些盆景（必然有），石榴花开着火星样的红点，夹竹桃开着粉红的桃花瓣，在上下皆绿的环境中，这几点红色，娇艳绝伦。北平人又爱随地种草本的花籽，这时大小花秧全都在院子里拔地而出，一寸到几寸长的不等，全表示了欣欣向荣的样子。北平的屋子，对院子的一方面，照例下层是土墙，高二三尺，中层是大玻璃窗，玻璃大得像百货店的货窗相等，上层才是花格活窗。桌子靠墙，总是在大玻璃窗下。主人翁若是读书伏案写字，一望玻璃窗外的绿色，映人眉宇，那实在是含有诗情画意的。而且这样的点缀，并不花费主人什么钱的。

　　北平这个地方，实在适宜于绿树的点缀，而绿树能亭亭如盖的，又莫过于槐树。在东西长安街，故宫的黄瓦红墙，配上那一碧千株的槐林，简直就是一幅彩画。在古老的胡同里，四五株高槐，映带着平正的土路、低矮的粉墙，行人很少，在白天就觉得其意幽深，更无论月下了。在宽平的马路上，如南、北池子，如南、北长街，两边槐树整齐划一，连续不断，有三四里之长，远远望去，简直是一条绿街。在古庙门口，红色的墙，半圆的门，几株大槐树在庙外拥立，把低矮的庙整个罩在绿荫下，那情调是肃穆典雅的。在伟大的公署门口，槐树分立在广场两边，好像排列着伟大的仪仗，又加重了几分雄壮之气。太多了，我不能把她一一介绍出来，有人说五月的北平是碧槐的城市，那却是一点没有夸张。

春

　　当承平之时,北平人所谓"好年头儿";在这个日子,也正是故都人士最悠闲舒适的日子,在绿荫满街的当儿,卖芍药花的平头车子整车的花骨蕾推了过去。卖冷食的担子,在幽静的胡同里叮当作响,敲着冰盏儿,这很表示这里一切的安定与闲静。渤海来的海味,如黄花鱼、对虾,放在冰块上卖,已特别有风趣。又如乳油杨梅、蜜饯樱桃、藤萝饼、玫瑰糕,吃起来还带些诗意。公园里绿叶如盖,三海中水碧如油,随处都是令人享受的地方。但是这一些,我不能、也不愿往下写。现在,这里是邻近炮火边沿,南方人来说这里是第一线了。北方人吃的面粉,三百多万元一袋;南方人吃的米,卖八万多元一斤。穷人固然是朝不保夕,中产之家虽改吃糙粉度日,也不知道这糙粮允许吃多久。街上的槐树虽然还是碧净如前,但已失去了一切悠闲的点缀,人家院子里,虽是不花钱的庭树,还依然送了绿荫来,这绿荫在人家不是幽丽,巧是凄凄惨惨的象征。谁实为之?孰令致之?我们也就无从问人,《阿房宫赋》前段写得那样富丽,后面接着是一叹:"秦人不自哀!"现在的北平人,倒不是不自哀,其如他们哀亦无益何!

　　好一座富于东方美的大城市呀,他整个儿在战栗!好一座千年文化的结晶呀,他不断地在枯萎!呼吁于上天,上天无言,呼吁于人类,人类摇头。其奈之何!

钓台的春昼

◎郁达夫

　　因为近在咫尺,以为什么时候要去就可以去,我们对于本乡本土的名区胜景,反而往往没有机会去玩,或不容易下一个决心去玩的。正唯其是如此,我对于富春江上的严陵,二十年来,心里虽每在记着,但脚却从没有向这一方面走过。一九三一,岁在辛未,暮春三月,春服未成,而中央党魁,似乎又想玩一个秦始皇所玩过的把戏了,我接到了警告,就仓皇离去了寓居。先在江浙附近的穷乡里,游息了几天,偶尔看见了一家扫墓的行舟,乡愁一动,就定下了归计。绕了一个大弯,赶到故乡,却正好还在清明寒食的节前。和家人等去上了几处坟,与许久不曾见过面的亲戚朋友,来往热闹了几天,一种乡居的倦怠,忽而袭上心来了,于是乎我就决心上钓台去访一访严子陵的幽居。

　　钓台去桐庐县城二十余里,桐庐去富阳县治九十里不足,自富阳溯江而上,坐小火轮三小时可达桐庐,再上则须坐帆船了。

　　我去的那一天,记得是阴晴欲雨的养花天,并且系坐晚班轮去的,船到桐庐,已经是灯火微明的黄昏时候了,不得已就只得在码头近边的一家旅馆的高楼上借了一宵宿。

　　桐庐县城,大约有三里路长,三千多烟灶,一二万居民,地

在富春江西北岸，从前是皖浙交通的要道，现在杭江铁路一开，似乎没有一二十年前的繁华热闹了。尤其要使旅客感到萧条的，却是桐君山脚下的那一队花船失去了踪影。说起桐君山，却是桐庐县的一个接近城市的灵山胜地。山虽不高，但因有仙，自然是灵了。以形势来论，这桐君山，也的确是可以产生出许多口音生硬，别具风韵的桐严嫂来的生龙活脉。地处在桐溪东岸，正当桐溪和富春江合流之所，依依一水，西岸便瞰视着桐庐县市的人家烟树。南面对江，便是十里长洲；唐诗人方干的故居，就在这十里桐洲九里花的花田深处。向西越过桐庐县城，更遥遥对着一排高低不定的青峦，这就是富春山的山子山孙了。东北面山下，是一片桑麻沃地，有一条长蛇似的官道，隐而复现，出没盘曲在桃花杨柳洋槐榆树的中间，绕过一支小岭，便是富阳县的境界，大约去程明道的墓地程坟，总也不过一二十里地的间隔。我去拜谒桐君，瞻仰道观，就在那一天到桐庐的晚上，是淡云微月，正在作雨的时候。

　　鱼梁渡头，因为夜渡无人，渡船停在东岸的桐君山下。我从旅馆踱了出来，先在离轮埠不远的渡口停立了几分钟。后来向一位来渡口洗夜饭米的年轻少妇，弓身请问了一回，才得到了渡江的秘诀。她说："你只须高喊两三声，船自会来的。"先谢了她教我的好意，然后以两手围成了播音的喇叭，"喂，喂，渡船请摇过来！"地纵声一喊，果然在半江的黑影当中，船身摇动了。渐摇渐近，五分钟后，我在渡口，却终于听出了咿呀柔橹的声音。时间似乎已经入了酉时的下刻，小市里的群动，这时候都已经静息，自从渡口的那位少妇，在微茫的夜色里，藏去了她那张白团团的面影之后，我独立在江边，不知不觉心里头却兀自感到了一种他乡日暮的悲哀。渡船到岸，船头上起了几声微微的水浪清音,又铜东的一响,我早已跳上了船,渡船也已经掉过头来了。坐在黑影沉沉的舱里,我起先只在静听着柔橹划水的声音,然后却在黑影里看出了一星船家在吸着的长烟管头上的烟火,最后因为被沉默压迫不过,我只好开口说话了:"船家!你这样地渡我过去,该给你几个船钱?"我问。"随你先生把几个就是。"船家的说话冗慢幽长,似乎已经带着些睡意了,我就向袋里摸出了两角钱来。"这两角钱。就算是我的渡船,请你候我一会,上山去烧一次夜香,我是依旧要渡过江来的。"船家的回答,只是恩恩乌乌,幽幽同牛叫似的一种鼻音,然而从继这鼻音而起的两三声轻快的喀声听来,他却似乎已经在感到满足了,因为我也知道,乡间的义渡,船钱最多也不过是两三枚铜子而已。

到了桐君山下,在山影和树影交掩着的崎岖道上,我上岸走不上几步,就被一块乱石绊倒,滑跌了一次。船家似乎也动了恻隐之心了,一句话也不发,跑将上来,他却突然交给了我一盒火柴。我于感谢了一番他的盛意之后,重整步伐,再摸上山去,先是必须点一枝火柴走三五步路的,但到得半山,路既就了规律,而微云堆里的半规月色,也朦胧地现出一痕银线来了,所以手里还存着的半盒火柴,就被我藏入了袋里。路是从山的西北,盘曲而上,渐走渐高,半山一到,天也开朗了一点,桐庐县市上的灯光,也星星可数了。更纵目向江心望去,富春江两岸的船上和桐溪合流口停泊着的船尾船头,也看得出一点一点的火来。走过半山,桐君观里的晚祷钟鼓,似乎还没有息尽,耳朵里仿佛听见了几丝木鱼钲钹的残声。走上山顶,先在半途遇着一道道观外围的女墙,这女墙的栅门,却已经掩上了。在栅门外徘徊了一刻,觉得已经到了此门而不进去,终于

钓台的春昼

是不能满足我这一次暗夜冒险的好奇怪癖的。所以细想了几次,还是决心进去,非进去不可,轻轻用手往里面一推,栅门却呀的一声,早已退向了后方开开了,这门原来是虚掩在那里的。进了栅门,踏着为淡月所映照的石砌平路,向东向南地前走了五六十步,居然走到了道观的大门之外,这两扇朱红漆的大门,不消说是紧闭在那里的。到了此地,我却不想再破门进去了,因为这大门是朝南向着大江开的,门外头是一条一丈来宽的石砌步道,步道的一旁是道观的墙,一旁便是山坡,靠山坡的一面,并且还有一道二尺来高的石墙筑在那里,大约是代替栏杆,防人倾跌下山去的用意,石墙之上,铺的是二三尺宽的青石,在这似石栏又似石凳的墙上,尽可以坐卧游息,饱看桐江和对岸的风景,就是在这里坐他一晚,也很可以,我又何必去打开门来,惊起那些老道的恶梦呢?

空旷的天空里,流涨着的只是些灰白的云,云层缺处,原也看得出半角的天,和一点两点的星,但看起来最饶风趣的,却仍是欲藏还露、将见仍无的那半规月影。这时候江面上似乎起了风,云脚的迁移,更来得迅速了,而低头向江心一看,几多散乱着的船里的灯光,也忽明忽灭地变换了位置。

这道观大门外的景色,真神奇极了。我当十几年前,在放浪的游程里,曾向瓜州京口一带,消磨过不少的时日。那时觉得果然名不虚传的,确是甘露寺外的江山,而现在到了桐庐,昏夜上这桐君山来一看,又觉得这江山之秀而且静,风景的整而不散,却非那天下第一江山的北固山所可与比拟的了。真也难怪得严子陵,难怪得戴征士,倘使我若能在这样的地方结屋读书,以养天年,那还要什么的高官厚禄,还要什么的浮名虚誉哩?一个人在这桐君观前的石凳上,看看山,看看水,看看城中的灯火和天上的星云,更做做浩无边际的无聊的幻梦,我竟忘记了时刻,忘记了自身,直等到隔江的击柝声传来,向西一看,忽而觉得城中的灯影微茫地减了,才跑也似的走下了山来,渡江奔回了客舍。

第二日清晨,觉得昨天在桐君观前做过的残梦正还没有续完的时候,窗外面忽而传来了一阵吹角的声音。好梦虽被打破,但因这同吹箪篥似的商音哀咽,却很含着些荒凉的古意,并且晓风残月,杨柳岸边,也正好候船待发,上严陵去;所以心里虽怀着了些儿怨恨,但脸上却只现出了一痕微笑,起来梳洗更衣,叫茶房去雇船去。雇好了一只双桨的渔舟,买就了些酒菜鱼米,就在旅馆前面的码头上上船,轻轻向江心摇出去的时候,东方的云幕中间,已现出了几丝红晕,有八点多钟了。舟师急得厉害,只在埋怨旅馆的茶房,为什么昨晚上不预先告诉,好早一点出发。因为此去就是七里滩头,无风七里,有风七十里,上钓台去玩一趟回来,路程虽则有限,但这几日风雨无常,说不定要走夜路,才回来得了的。

过了桐庐,江心狭窄,浅滩果然多起来了。路上遇着的来往的行舟,数目也是很少,因为早晨吹的角,就是往建德去的快班船的信号,快班船一开,来往于两埠之间的船就不十分多了。两岸全是青青的山,中间是一条清浅的水,有时候过一个沙洲,洲上的桃花菜花,还有许多不晓得名字的白色的花,正在喧闹着春暮,吸引着蜂媒。我在船头上一口一口地喝着严东关的药酒,指东话西地问着船家,这是甚么山?那是甚么港?惊叹了半天,称颂了半天,人也觉得倦了。不晓得什么时候,身子却走上了一家水边的酒楼,在和数年不见的几位已经做了党官的朋友高谈阔论。谈论之余,还背诵了一首两三年

前曾在同一的情形之下作成的歪诗：

> 不是尊前爱惜身，伴狂难免假成真。
> 曾因酒醉鞭名马，生怕情多累美人。
> 劫数东南天作孽，鸡鸣风雨海扬尘。
> 悲歌痛哭终何补，义士纷纷说帝秦。

直到盛筵将散，我酒也不想再喝，和几位朋友闹得心里各自难堪，连对旁边坐着的两位陪酒的名花都不愿意开口。正在这上下不得的苦闷关头，船家却大声地叫了起来说：

"先生，罗芷过了，钓台就在前面，你醒醒罢，好上山去烧饭吃去。"擦擦眼睛，整了一整衣服，抬起头来一看，四面的水光山色又忽而变了样子了。清清的一条浅水，比前又窄了几分，四围的山包得格外地紧了，仿佛是前无去路的样子。并且山容峻削，看去觉得格外地瘦格外地高。向天上地下四围看去，寂寂的看不见一个人类。双桨的摇响，到此似乎也不敢放肆了，钩的一声过后，要好半天才来一个幽幽的回响，静，静，静，身边水上，山下岩头只沉浸着太古的静，死灭的静，山峡里连飞鸟的影子也看不见半只。前面的所谓钓台山上，只是两个大石垒，一间歪斜的亭子，许多纵横芜杂的草木。山腰里的那座祠堂，也只露着些废垣残瓦，屋上面连炊烟都没有一丝半缕，像是好久好久没有人住了的样子。并且天气又来得阴森，早晨曾经露一露脸过的太阳，这时候早已深藏在云堆里了，余下来的只是时有时无从侧面吹来的阴飕飕的半箭儿山风。船靠了山脚。跟着前面背着酒菜鱼米的船夫走上严先生祠堂去的时候，我心里真有点害怕，怕在这荒山要遇见一个干枯苍老得同丝瓜筋似的严先生的鬼魂。

在祠堂西院的客厅里坐定,和严先生的不知第几代的裔孙谈了几句关于年岁水旱的话后,我的心跳也渐渐儿地镇静下去了,嘱托了他以煮饭烧菜的杂务,我和船家就从断碑乱石中间爬上了钓台。

东西两石垒,高各有二三百尺,离江面约两里远,东西台相去,只有一二百步,但其间却夹着一条深谷。立在东台,可以看得出罗芷的人家,回头展望来路,风景似乎散漫一点,而一上谢氏的西台,向西望去,则幽谷里的情景,却绝对地不像是在人间了。我虽则没有到过瑞士,但到了西台,朝西一看,立时就想起了曾在照片上看见过的威廉退儿的祠堂。这四山的幽静,这江水的青蓝,简直同在画片上的珂罗版色彩,一色也没有两样,所不同的,就是在这儿的变化更多一点,周围的环境更芜杂不整齐一点而已,但这却是好处,这正是足以代表东方民族性的颓废荒凉的美。

从钓台下来,回到严先生的祠堂——记得这是洪杨以后严州知府戴槃重建的祠堂——西院里饱啖了一顿酒肉,我觉得有点酩酊微醉了。手拿着以火柴柄制成的牙签,走到东面供着严先生神像的龛前,向四面的破壁上一看,翠墨淋漓,题在那里的,竟多是些俗而不雅的过路高官的手笔。最后到了南面的一块白墙头上,在离屋檐不远的一角高处,却看到了我们的一位新近去世的同乡夏灵峰先生的四句似邵尧夫而又略带感慨的诗句。夏灵峰先生虽则只知崇古,不善处今,但是五十年来,像他那样的顽固自尊的亡清遗老,也的确是没有第二人。比较起现在的那些官迷财迷的南满尚书和东洋宫婢来,他的经术言行,姑且不必去论他,就是以骨头来称称,我想也要比什么罗三郎郑太郎辈,重到好几百倍。慕贤的心一动,熏

人的臭技自然是难熬了，堆起了几张桌椅，借得了一枝破笔，我也向高墙上在夏灵峰先生的脚后放上了一个陈屁，就是在船舱的梦里，也曾微吟过的那一首歪诗。

从墙头上跳将下来，又向龛前天井去走了一圈，觉得酒后的干喉，有点渴痒了，所以就又走回到了西院，静坐着喝了两碗清茶。在这四大无声，只听见我自己的啾啾喝水的舌音冲击到那座破院的败壁上去的寂静中间，同惊雷似的一响，院后的竹园里却忽而飞出了一声闲长而又有节奏似的鸡啼的声来。同时在门外面歇着的船家，也走进了院门，高声对我说：

"先生，我们回去罢，已经是吃点心的时候了，你不听见那只鸡在后山啼么？我们回去罢！"

1932年8月上海写

五月的青岛

◎老舍

因为青岛的节气晚,所以樱花照例是在四月下旬才能盛开。樱花一开,青岛的风雾也挡不住草木的生长了。海棠,丁香,桃,梨,苹果,藤萝,杜鹃,都争着开放,墙角路旁也都有了嫩绿的叶儿。五月的岛上,到处花香,一清早便听见卖花声。公园里自然无须说了,小蝴蝶花与桂竹香们都在绿草地上用它们的娇艳的颜色结成十字,或绣成几团;那短短的绿树篱上也开着一层白花,似绿枝上挂了一层春雪。就是路上两旁的人家也少不得有些花草:围墙既矮,藤萝往往顺着墙把花穗儿悬在院外,散出一街的香气;那双樱,丁香,都能在墙外看到,双樱的明艳与丁香的素丽,真是足以使人眼明神爽。

山上有了绿色,嫩绿,所以把松柏们比得发黑了一些。谷中不但填满了绿色,而且颇有些野花,有一种似紫荆而色儿略略发蓝的,折来很好插瓶。

青岛的人怎能忘下海呢。不过,说也奇怪,五月的海就仿佛特别地绿,特别地可爱;也许是因为人们心里痛快吧?看一眼路旁的绿叶,再看一眼海,真的,这才明白了什么叫作"春深似海"。绿,鲜绿、浅绿、深绿、黄绿、灰绿,各种的绿色,连接着,交错着,变化着,波动着,一直绿到天边,绿到山脚,绿到渔帆的外边去。风不凉,波不高,船缓缓地走,燕低低地飞,街上

的花香与海上的咸味混到一处,浪漾在空中,水在面前,而绿意无限,可不是,春深似海!欢喜,要狂歌,要跳入水中去,可是只能默默无言,心好像飞到天边上那将将能看到的小岛上去,一闭眼仿佛还看见一些桃花。人面桃花相映红,必定是在那小岛上。

这时候,遇上风与雾便还须穿上棉衣,可是有一天忽然响晴,夹衣就正合适。但无论怎说吧,人们反正都放了心——不会大冷了,不会。妇女们最先知道这个,早早地就穿出利落的新装,而且决定不再脱下去。海岸上,微风吹动少女们的发与衣,何必再去到那电影院中找那有画意的景儿呢!这里是初春浅夏的合响,风里带着春寒,而花草山水又似初夏,意在春而景如夏,姑娘们总先走一走,迎上前去,跟花们竞争一下,女性的伟大几乎不是颓废诗人所能明白的。

人似乎随着花草都复活了,学生们特别地忙:换制服,开运动会,到崂山丹山旅行,服劳役。本地的学生忙,别处的学生也来参观,几个,几十,几百,打着旗子来了,又成着队走开,男的,女的,先生,学生,都累得满头是汗,而仍不住地向那大海丢眼。学生以外,该数小孩最快活,笨重的衣服脱去,可以到公园跑跑了;一冬天不见猴子了,现在又带着花生去喂猴子,看鹿,拾花瓣,在草地上打滚;妈妈说了,过几天还有大红樱桃吃呢!

马车都新油饰过,马虽依然清瘦,而车辆体面了许多,好做一夏天的买卖呀。新油过的马车穿过街心,那专做夏天的生意的咖啡馆,酒馆,旅社,饮冰室,也找来油漆匠,扫去灰尘,油饰一新。油漆匠在交手上忙,路旁也增多了由各处来的舞女。预备呀,忙碌呀,都红着眼等着那避暑的外国战舰与各处的阔人。多咱浴场上有了人影与小艇,生意便比花草还茂盛呀。到那时候,青岛几乎不属于青岛的人了,谁的钱多谁更威风,汽车的眼是不会看山水的。

那么,且让我们自己尽量地欣赏五月的青岛吧!

春日游杭记

◎林语堂

一

由梵王渡上车,乘位并不好,与一个土豪对座。这时大约九时半。开车后十分钟,土豪叫一盘中国大菜式的西菜。不知是何道理,他叫的比我们常人叫的两倍之多,土豪便大啖大嚼起来,我也便看他大嚼。茶房对他特别恭顺。十时零六分,忽然来一杯烧酒,似乎是五茄皮。说也奇怪,十时十一分,杂碎的大菜吃完,接着是白菜烧牛肉,其牛肉至十二片之多,我益发莫名其妙了。十时二十六分,又来土司五片,奶油一碟。于是我断定,此人五十岁时必死于肝癌。正在思索之时,又来一位油脸而黑的中山装少年。一屁股歪在土豪旁边坐下,一手把我桌上的书报茶杯推开,登时就有茶房给他一杯咖啡,一盘火腿蛋。于是土豪也遭殃了。青年的呢帽一直放在土豪席上位前。我的一杯茶,早已移至土豪面前,此时被这帽子一推,茶也溢了,桌也溢了。我明白这是以礼义自豪之邦应有的现象,所以愿以礼相终始,并不计较。排布定当,于是中山装青年弯下他的油脸,吃他的火腿蛋。我看见他身上徽章,是什么沪杭铁路局的什么员,又吃完便走,乃断定他这碟火腿蛋一定是贿赂。这时土豪牛肉已吃到第九片,怎么忽然不想吃了。于是咳嗽、吐痰、免冠、搔首,颇有饱乐之概。十时三十一分茶房来,问可否拿走。土豪毫不迟疑地说"等一会"。经此一提醒,土豪又狼吞虎咽起来。这回特别快,竟于十时四十分全碟吃完。翻一翻报,脸上看不见有什么感触,过一会头向桌上一歪,不五分钟已经鼾然入寐了。我方觉得安全。由是一路无聊到杭州。

到杭州,因怕臭虫,决定做高等华人,住西泠饭店,虽然或者因此与西洋浪人为伍,也不在意。车过浣纱路,看见一条小河,有妇人跪在河旁在浣衣,并不是浣纱。因此,想起西施,并了悟她所以成名,因为她是浣纱,尤其因为她跪在河旁浣纱时所必取的姿势。

到西湖时,微雨。拣定一间房间,凭窗远眺,内湖、孤山、长堤、宝俶塔、游艇、行人,都一一如画。近窗的树木,雨后特别苍翠,细草茸绿得可爱。雨细蒙蒙的几乎看不见,只听见草叶上及田陌上浑成一片点滴声。村屋五六座,排列山下,屋虽矮陋,而前后簇拥的却是疏朗可爱的高树与错综天然的丛芜、蹊径、草坪。其经营毫不费工夫,而清华朗润,胜于上海愚园路寓公精舍万倍。回想上海居民,家资十万始敢购置一二亩宅地,把草地碾平,花木剪成三角、圆锥、平头等体,花圃砌成几何学怪状,造一五尺假山,七尺鱼池,便有不可一世之概,真要令人痛哭流涕。

二

半夜听西洋浪人及女子高声笑谑,吵得不能成寐。第二

天清晨,我们雇一辆汽车游虎跑。路过苏堤,两面湖光潋滟,绿洲葱翠,宛如由水中浮出,倒影明如照镜。其时远处尽为烟霞所掩,绿洲之后,一片茫茫,不复知是山是湖,是人间,是仙界。画画之难,全在画此种气韵,但画气韵最易莫如画湖景,尤莫如画雨中的湖山;能攫得住此波光回影,便能气韵生动。在这一幅天然景物中,只有一座灯塔式的建筑物,丑陋不堪,十分碍目,落在西子湖上,真同美人脸上一点烂疮。我问车夫这是什么东西。他说是展览会纪念塔,世上竟有如此无耻之尤的留学生作此恶孽。我由是立志,何时率领军队打入杭州,必先对准野炮,先把这西子脸上的烂疮,击个粉碎。后人必定有诗为证云:

西湖千树影苍苍,独有丑碑陋难当。
林子将军气不过,扶来大炮击烂疮。

虎跑在半山上,由山下到寺前的半里山路,佳丽无比。我们由是下车步行。两旁有大树,不知树名,总而言之,就是大树。路旁也有花,也不知花名,但觉得美丽。我们在小学时,学堂不教动植物学,至此吃其亏。将到寺的几百步,路旁有一小涧,湍流而下,过崖石时,自然成小瀑布,小石潺潺之声可爱。我看见一个父亲苦劝他六岁少爷去水旁观瀑布,这位少爷不肯。他说水会喷湿他的长衫马褂,而且泥土很脏。他极力否认瀑布有什么趣味。我于是知道中国非亡不可。

到寺前,心不由主地念声阿弥陀佛,犹如不信耶稣的人,口里也常喊出"O Lord"。虎跑的茶著名,也就想喝茶,觉得甚清高。当时就有一阵男女,一面喝茶,一面照相,倒也十分忙碌。有一位为要照相而作正在举杯的姿势,可是摄后并不看见他喝。但是我知道将来他的照片簿上仍不免题曰"某月日静庐主人虎跑啜茗留影",这已减少我饮茶的勇气。忽然有小和尚问我要不要买茶叶,于是决心不饮虎跑茶而起。

　　虎跑有二物,游人不可不看:一,茅厕,二,茶壶,都是和尚的机巧发明。虎跑的茶可不喝,这茶壶却不可不研究。欧洲和尚能酿好酒,难道虎跑的和尚就不能发明个好茶壶?(也许江南本有此种茶壶,但我却未看过。)茶壶是红铜做的,式样与家用茶壶同,不过特大,高二尺,径二尺半,上有两个甚科学式的长囱。壶身中部烧炭,四周便是盛水的水柜。壶耳、壶嘴俱全,只想不出谁能倒得动这笨重茶壶。我由是请教那和尚。和尚拿一白铁锅,由缸里挹点泉水,倒入一长囱,登时有开水由壶嘴流溢出来了。我知道这是物理学所谓水平线作用,凉水下去,开水自然外溢,而且凉水必下沉,热水必上升,但是我真无脸向他讲科学名词了。这种取开水法既极简便,又有出便有入,壶中水常满,真是两全之策。

三

　　我每回到西湖,必往玉泉观鱼,一半是喜欢看鱼的动作,一半是可怜它们失了优游深潭浚壑的快乐。和尚爱鱼放生,何不把它们放入钱塘江,即使死于非命,还算不负此一生。观鱼虽然清高,总不免假放生之名,行利己之实。

　　观鱼之时,有和尚来同我谈话。和尚河南口音,出词倒也温文尔雅。我正想素食在理论上虽然卫生,总没看见过一个颜色红润的和尚,大半都是面黄肌瘦,走动迟缓,明系滋养不足。

因此又联想到他们的色欲问题，便问和尚素食是否与戒色有关系。和尚看见同行女人在座，不便应对，我由是打本乡话请女人到对过池畔观鱼，而我们大谈起现代婚姻问题了。因为他很诚意，所以我想打听一点消息。

"比方那位红衣女子，你们看了动心不动心呢？"

我这粗莽一问，却引起和尚一篇难得的独身主义的伟论。大意与柏拉图所谓哲学家不应娶妻理论相同。

"怎么不动心？"他说，"但是你看佛经，就知道情欲之为害。目前何尝不乐？过后就有许多烦恼。现在多少青年投河自尽，为什么？为恋爱；为女人！现在多少离婚，怎么以前非她不活，现在反要离呢？你看我，一人孤身，要到泰山、妙峰山、普渡、汕头，多么自由！"

我明白，他是保罗、康德、柏拉图的同志。叔本华许多关于女人的妙论，还不是由佛经得来？正想之间，忽然寺中老妈经过，我倒不注意，亏得和尚先来解释：

"这是因为寺中常有香客家眷来歇，伺候不便，所以雇来跟香客洒扫的。"其实我并不怀疑他，而叔本华柏拉图向来并不反对女人洒扫。

清音

◎冯沅君

一

十时改乘正太车西行，雨益大，雾益厚。凭窗望去，只见远山近村都隐入虚无飘渺的境界，依稀古代神话中所说的阆苑蓬岛，这种迷离惝恍的景物，在自然的美中最称蕴藉，较之天朗气清时所见者，格外美妙。沿道多植杨柳，长条婆娑，把它们上面的水珠送到我们的襟袖间，顿添了无限凉意，车上烟囱所喷的烟气缭绕于道侧林木间，云雾似的把它们上下隔绝；行人到此，也自疑置身云端，学古列子御风而行。行愈西，山愈深，两崖土石皆作赭色，至娘子关附近始作青色。在这些岩崖上，多有碧藤绿萝、野花、小草来点缀，甚至倒垂下来，宛如峰峦的流苏。由石家庄到太原，因必横贯太行山脉，故铁道率随山旋转；有时车行两悬崖间，石树掩蔽，不见日影；有时蛇行绝壁侧，旁临深壑。壑中溪流泠泠成韵，绝壁则拔地参天，使人望而生畏。娘子关附近，风物尤奇妙。山势既较他处峻险，溪水亦异常曲折澄澈。崖岸绿树倒垂，掩映溪面，水光树色，幻成一片碧琉璃。其遇乱石阻迸时，即变为急湍，浪花怒溅，如冰凿雪积。农人就急湍作水打磨，茅亭翼然临

水上,亦饶致趣,或有三五行人,骑驴乱流而渡,水鸟即骞然掠波飞去……

二

到孝感时,天忽下雨了,但这阵微雨却使自然的美增色不少。我爱雨,赞美雨。我以为无论什么景物,在太阳的强烈的光线下,总有几分太清晰,太现实,给我们的视觉的刺激太强;这种过分的刺激,只能使人由疲倦而厌恶;只有阴雨时或晚间,一切景物的色调都暗淡了,甚或轮廓也迷离了,我们的心弦便也因之弛缓下去。在此外静内闲的境地,我们可以微微地喜悦,轻轻地惆怅,悠然,怡然,物我都冥合了,都诗化了。简单地说,日光下的景物是散文的,只能使我们兴奋;雨中月下的景是诗的,它能使我们遐想、幽思。转就实际说罢,你看那些田间的农人们,他们都披着蓑衣,戴雨帽,伛偻着插秧或薅草;这样奇怪的雨帽,连他们的头和身子都遮着了。他们的目前憧憬着来日的千仓万箱的收获,哪顾及现在的斜风细雨。他们对于职务这样地忍耐,他们的态度这样地闲暇,他们的生活这样地和真美的自然接近,这样的诚朴的静美,岂是纸迷金醉的都市人所能领略其万一。

三

潇潇梅雨,滔滔浊流,我们携着半湿的行李由汉口渡江到武昌去。汉口的洋楼,武昌的城堞,汉阳的烟树,四望都是迷离,迷离;自身所切实感到的,只有颠簸不已的舟儿,入舱扑人的风雨,船首船尾,前仆后继,与天相接的波涛。这是江心呀!危险而雄壮的江心!

四

我在旅馆里养病。旅馆作病院听来未免离奇,但就实际上论,这个所在确可以养病。它的后面有座小花园,据说是当代某诗人所建造的。园内有方的鱼池,有面面玲珑的水榭,有矮松或冬青之类夹植在小道边,有矮树所围成的圃内,有太湖石,有芭蕉、玫瑰等。园的四周除一面是墙外,余皆精雅的小斋、轩敞的大厅和水榭。我住的房子是坐东向西的小斋。房内粗粗有几样家具。窗外的席棚,可遮蔽回光返照的太阳。由窗南望可见水榭的背面,北望可见隔墙的柳树,西望便是大厅。这些榭和斋虽未必全是空的,但这些住客似都深居简出,纵然有时望见对面廊下的客人,也因为院子太寥廓之故,觉得他们如在天末,是和我不相干的。在这里,嘈杂的市声固然难听到,就是旅馆前部唱戏声、拉弦子声、呼唤茶房声……似也震动不破这园内的寂静的场面。这种地僻境幽、窗明几净的所在,固然宜于养病,但同时它也善于酝酿寂寞。我一个人静静地坐一刻,昏昏地睡一刻,看着成盘的香一圈一圈地烧成了灰,窗上的日影渐渐由斜而正,由正而斜,还看不见一个相识的面孔,听不见一声熟悉的语言。这个沉没在寂寞的海中的我,早将平日厌恶喧哗的性儿消磨净尽,渴望着朋友们来探问;我不要挚友,不要成群地来,不要他多说话,只要个相识的人的一颦一笑。

五

"春水碧于天","一池春水碧于罗",江南的水本自可爱,但西湖的水又似与江南他水不同。她的颜色是那样绿,绿而有光泽;她的波面是那样平静,迤迤迤迤,说不尽的温柔闲适。她仿佛一位大家闺秀,虽有些不遂心,也不对人使脾气,不过眉黛轻颦而已,而这种轻颦的姿态,却能增进她的温柔。啊,"春慵恰似春塘水,一片縠纹愁。融融泄泄,东风无力,欲绉还休。"这种细腻风光的妙语,虽非为西湖而写,却写出西湖的灵魂了。

六

到葛岭时,天已黄昏了,暗中攀登,勉强走到抱朴庐前。他人到葛岭观日出,我们却在此观灯火中的杭州。西湖诸山林木甚繁盛,葛岭的树尤多。黄昏中由树叶隙里远望灯火辉煌的彼岸,一灯如一明珠;这些明珠缀成的有璎珞,有游龙,有宝塔……

七

饭后放舟湖中,到平湖秋月去。是时月刚从东方升起,尚未到中天,清辉斜射湖面,漾成一道金光,涟漪微动,金光也因之忽聚忽散。平湖秋月只是湖中一个小岛,岛上几椽小楼,破敝得仅蔽风雨。若白昼来游,恐怕人人都要望望然而去之。

可是清夜来此玩月，确不愧为西湖名胜之一。月夜原是神秘的，幽静的，凄清的，所以与其在歌吹喧阗、灯光辉煌的地方玩月，毋宁在寂寥无人、幽暗阒静的所在。幽暗可以衬出月色皎洁，阒静可使观者的精神舒缓，与月冥合。平湖秋月的妙处，便是树多。树多即可增进幽暗。换句话说，就是此地能造成分外皎洁的月色。试想在这黑洞洞、四面又都是烟波渺茫的地方，望着水似的长空嵌着一轮明月，怎能不感到月色分外晶莹，水天分外寥廓？我们大家或坐在树下促膝谈心，或坐在船上叩舷高歌，或独立小石桥上对月凝思。"年年月华如练，长是人千里。"忽然有人凄然地念着，其声清切，如出金石，林木的枝柯似都为之颤动了。由平湖秋月登舟，过锦带桥，到断桥泊着。我们都到桥上步月。此时月已到中天，湖面的万道金光，竟变成一点明珠。回望葛岭、南屏诸山，只能于烟波深处得仿佛。整个西湖都浸在月华中了。

八

在如矢如砥的马路旁，耸立着枝叶茂密的树木，在枝叶茂密的树木中，透出星般的灯光。望去，纵目向前望去，路愈远愈窄，树愈远愈密，天愈远愈低；路、树、天的尽处，毗连处，渲染着一抹暮霞。

山区的春光

◎金近

板栗树变魔术

清明早已过去了,谷雨也过去了两三天,春天从淡绿色变成深绿色,从暖和转到大热,连迟迟不出叶芽的板栗树,也缀上点点新绿,这些叶芽好像有意逗人似的,只一夜工夫,就变成满树绿叶了,简直像魔术师变魔术一样快。桃树收起了鲜红的花朵,正在想办法结出更大更甜的桃子来,燕子姑娘最关心这件事,常常飞到树顶上去问,不知道桃树是怎样回答的?不过我们可以相信,桃树绝不是一个懒汉,也不是一个笨蛋,你只要看她长得多健康,多灵巧,就会知道她是很有把握的。

茶树等不及了

冬天,茶树没有落过叶子,在山区里,它也是经得起风霜雨雪考验的。不过,冬天毕竟是冬天,茶树长不出嫩叶子来,老是黑簇簇的,等待春天快快到来。茶树一见到春天,高兴透了,马上吐出鲜嫩的叶芽来欢迎。这些小叶子长得真吃力,长了好些日子才露出一点点芽头。清明以后,有几天人们热得穿不住夹衫了，又下了一场大雨，第二天茶树添了很多新叶子，像葵花籽那么点大，这些叶子还小着呢。谷雨到了，又下了场大雨，雷声轰隆轰隆的，这是今年第一场大雷雨，第二天早晨，山顶上还在放着白蒙蒙的雾气，溪水哗哗地流得很急，茶树的嫩叶子都长大了，又嫩又壮的新梗子也顶起来了。茶叶要采啦，谁来采呢？村子里的老妈妈们、姑娘们和小学生们，已经做好准备，就要上山来采，他们迟来半天都不行，茶树等得真着急，要是晚采一天，嫩叶子就老了。其实，社里的生产队长心里更着急，他调动了队里更多的女劳动力，上山去采茶。

山上的茶树也在准备吐出第二批嫩叶子来，它们还要跟采茶的人比赛呢，到底是采的快还是长的快。

顽皮的竹笋

满山的青竹子都是那样，做了妈妈，什么也不管，因此弄得竹笋很顽皮，一忽儿这里蹿出一个来，一忽儿那里又顶起一个来了。拗笋的社员们一面爬着没有路的竹山，一面把拗断的竹笋扔进一只大布兜里，不论雨下得多么大，他们不能后退，因为差半天工夫，竹笋就老得不能吃了，只能留下来做竹子。有经验的社员说，要是第一批长出来的竹笋不拗掉，以后长得就少了，你如果拗得越多，就长得越多，竹笋就是这样顽皮。

紫云英姑娘，明年再见！

在这个山区里，人们叫紫云英只叫她的小名——花草，今

年社员们谈起花草,连八十岁的老公公都觉得骄傲。他说,活了这么大年纪,还是第一次看到这样好的花草。乡总支书记跑到田里去,拔起一株用尺量量,哈!有两尺多长,这是多好的肥料!你走过花草田就能闻到一阵阵醉人的香味,紫云英穿着绿衣衫,顶着一朵朵又紫又红的小花。如果这些花草种在什么花园里,就不会长得这样粗壮。农民所以叫她花草,也就是承认她不是一种娇生惯养的花。

  稻田要耕了,花草也变老了,小花朵谢了已经结成籽,梗子红红的,她们将要为花草出力啦。

  紫云英姑娘,明年再见!明年你一定会长得更美丽,更粗壮,因为今年已经选了最好的种子,好好保存起来了。

1958 年 4 月 23 日

台北的春天

◎林文义

　　立春依然是很冷的,虽然桌历硬要说:春天到了。

　　我站在阳台上浇花,望向远方大屯山的方位,一架涂装橙漆的老式军机正从我的视野飞过,沉沉郁郁的引擎声;它一定是从外岛回来(或者从南方),在林口台地降低飞行高度,然后飞过人屋拥挤的三重市,污秽肮脏的淡水河,顺着酒泉街航道,哗啦哗啦划过中山北路美军顾问团的营地上空、建国南北路高架桥,然后在松山机场着陆。

　　大屯山顶峰被一大片苍茫的云团包裹着,而在我的阳台,面对大屯山方向五十公尺处,正在大兴土木,结构体已经盖到三层了,只要它盖到四层的高度,就足够把大屯山从我每天晨间的远望里抹去。我望着那片建筑工地,心中没有恨意,只是一种轻微的伤感罢了;仰首看去,我的阳台除了面街的一角,几乎都被巨大的高楼所包围了。台北,这个城市正以令我诧异的速度,急遽地递变着,像一个虚浮而不实的暴发户,轻佻而造作的歌舞女郎。

　　我转身到水塔去汲水,继续浇灌花木。向晚,灰铅色的云十分慵倦的感觉,又有点干燥,没有雨的迹象。那三盆枝叶茂密的月橘倒是显得绿意盎然的,杜鹃还没有开花,而春天,为什么显得这般地暗淡无神呢?

邻旁传来哗然的水声,隔着一条防火巷,一扇敞开大半的窗里,酒店的女郎正在梳洗,穿着一件宽宽松松的睡衣,发髻零乱,白皙的脸庞没有血色,显得憔悴极了。她正卖力地刷牙,满嘴弄得白花花的牙膏泡沫;她用力地拖拉着那支牙刷,好像要把昨夜被凌辱过的尊严洗刷净尽。

她们每天都要做这样的例行的工作,我知道她们梳洗完后,大概就打开那种廉价的红色方形化妆箱,用唇膏、粉饼来修饰去昨夜留下的苍白与眼角悄然不为人知的泪痕吧?当我做完浇花的工作后,那扇窗里空荡荡的,好像就不曾有一个女人在那里存在过一样。那些在夜晚艳丽如花的女子,为何在卸去化妆之后,都那般地苍白憔悴,并且透溢着忧伤?

坐在窗前,继续我的绘画工作。我将午后仍未完成的画稿从抽屉里拿了出来,似乎受到一些湿潮,未上墨的线条晕了一片;我感到有些儿懊恼,点起一根烟,然后望着那张画稿,好像它是一个突然出现的敌人。看着看着,那种无名的敌意猛然升高,随手捏成一团,甩到桌角的字纸篓里,整个工作的情绪大坏,看来,是没法做事了。

我决定出去散步,在这立春以后,依然冷栗的向晚。

走下楼,并且轻轻地关上铁门,一转身,才发现小街充满下班的人潮。许多年轻、穿着制服(制服上还挂着识别证)、附近那家规模庞大的电器用品公司的作业员们,像潮水般地从街的那端涌了出来,缩着脖子,怎么春天了,还这么冷?一大堆女作业员围聚在巷口的面摊上,拿着碟子,自己切豆腐干、海带,并且催促着正忙着下面的老板——快点啦!我们还要上晚班,快点啦!

我经过那家英文报的门口,报社的老守卫正端着一碗速食面,坐在询问台后,吃得稀里哗啦的。然后,我看到五六个浓妆艳抹的酒店女郎,穿着三寸高跟从一家美容院匆匆忙忙赶出来,一边跑还不忘一边将做好的发型再拨弄一下。前头那两家专做日本人生意的酒店门口,一个长得十分丰满的中年妇人直在那里跺脚,一边催促那几个从美容院奔出来的女郎,一边还叫着——你们做个头发,是在生孩子啊!客人都来老半天啦!

酒店的门口有两棵油加利树,在向晚的风里,显得那般地瑟缩,不是已经春天了吗?我抬起头来看了一眼。晚风呼呼地沿着街吹起来,一阵颤栗,春天了还这么冷?

酒店拐出来,就是中山北路三段。我在路口那片小公园的铁椅坐了下来,中山北路两旁的商店已经上灯了,五颜十色一路亮下去,把刚来的春天向晚,点缀得热闹了起来;我的视野全是下班的人潮与车辆,那么奔忙并且紊乱。反而是那两排茂盛的行道树显得悠闲多了,从中山北路三段一直到圆山桥,行道树是枫树,在秋深时,整条中山北路三段枫红一片。而冬天刚过去,春天来了,枫树似乎仍然瑟缩于冬季的严寒,静静地伫立在两旁,好像在等待些什么?毕竟,秋天还是十分遥远。

台北进入春天了?我却一点也感觉不出来。拥挤而充满压迫感的高楼大厦能够传递给我一些春天的感觉吗?也许还是要从女人的服饰上着眼吧?我忽然很想到山上去,我只要过街,在对街的公车站牌等三〇一公车,四十分钟后,它就会带我到季节分明的阳明山上。在台北,这个五光十色的城市,春天似乎还很遥远。

可是这是一个立春后的向晚,还是这么的冷栗,我向晚上阳明山,到那里恐怕都已经是一片漆黑了。我决定去小公园

后头的咖啡店喝杯香浓滚烫的咖啡，终究，我一个人坐在公园的铁椅上，冷得颤栗是十分可笑的。

几分钟以后，我坐在咖啡店临街的座位上，那片巨大的玻璃窗大得使空间的阻隔感都没有了，我双手相互掣揉着，感觉到暖和了许多。坐在这里，可以清晰地看到走动的行人，每个行人都显得行色匆匆，公共汽车里黑压压挤满了回家的人们，一部黑白相间的警车拉着尖锐的警笛驶过，车顶那盏红色的灯号转得那般急促。每个人都怎么了？好像都忙得没有时间静心下来看看别人以及周遭的景物。

付了咖啡钱，我沿着原路散步回去；整个天空都幽暗下来了，我所居住的小街整条都在入夜后妩媚了起来。我看到许多游览车几乎将小街都挤满，拿着三角旗的导游用着急躁的日本话，催促车上的日本人快些下来，那些带着猥亵的男人像一只只饥渴了很久的野兽，跟着导游，走入那些灯火灿烂的酒店里，许多酒店女郎都叫了起来。

而我不经意地看到酒店后面，那片占地庞大的电器工厂宏伟而古老的厂房，狭窄的方窗里透出冷白的灯光；隐约还可以听到机械操作单调的声音。我不禁想起向晚时看到的那群为了加晚班出来吃面的女作业员们，此时此刻，她们一定坐在生产线上，为了生活的温饱而埋首工作着，焊接、装配那些电子零件，她们一定不会去想春天到底来了没有这种事，生活对她们来说，才是最重要的主题。

我开了铁门上楼，然后在桌旁坐了下来，桌历上红红的立春两个字，我厌恶地拿起一支黑笔，用力画个大×。

鸟声

◎周作人

古人有言,"以鸟鸣春。"现在已过了春分,正是鸟声的时节了,但我觉得不大能够听到,虽然京城的西北隅已经近于乡村。这所谓鸟当然是指那飞鸣自在的东西,不必说鸡鸣咿咿鸭鸣呷呷的家奴,便是熟番似的鸽子之类也算不得数,因为他们都是忘记了四时八节的了。我所听见的鸟鸣只有檐头麻雀的啾啁,以及槐树上每天早来的啄木的干笑,——这似乎都不能报春,麻雀的太琐碎了,而啄木又不免多一点干枯的气味。

英国诗人那许(Nash)有一首诗,被录在所谓《名诗选》(*Golden The Poetry*)的卷首。他说,春天来了,百花开放,姑娘们跳着舞,天气温和,好鸟都歌唱起来,他列举四样鸟声:

Cuckco, jug-jug, pee-wee, to-witta-woo!

这九行的诗实在有趣,我却总不敢译,因为怕一则译不好,二则要译错。现在只抄出一行来,看那四样是什么鸟。第一种是勃姑,书名鹁鸠,他是自呼其名的,可以无疑了。第二种是夜莺,就是那林间的"发痴的鸟",古希腊女诗人称之曰"春之使者,美音的夜莺",他的名贵可想而知,只是我不知道他到底是什么东西。我们乡间的黄莺也会"翻叫",被捕后常因想念妻子而急死,与他西方的表兄弟相同,但他要吃小鸟,而且又不发痴地唱上一夜以至于呕血。第四种虽似异怪乃是

猫头鹰。第三种则不大明了,有人说是蚊母鸟,或云是田凫,但据斯密士的《鸟的生活与故事》第一章所说系小猫头鹰。倘若是真的,那么四种好鸟之中猫头鹰一家已占其二了。斯密士说这二者都是褐色猫头鹰,与别的怪声怪相的不同,他的书中虽有图像,我也认不得这是鸱是鸮还是流离之子,不过总是猫头鹰之类罢了。儿时曾听见他们的呼声,有的声如货郎的摇鼓,有的恍若连呼"拙洼"(dzhuehuoang),俗云不祥主有死丧。所以闻者多极懊恼,大约此风古已有之。查检观颜道人的《小演雅》,所录古今禽言中不见有猫头鹰的话。然而仔细回想,觉得那些叫声实在并不错,比任何风声箫声鸟声更为有趣,如诗人谢勒(Shelley)所说。

现在,就北京来说,这几样鸣声都没有,所有的还只是麻雀和啄木鸟。老鸹,乡间称云乌老鸦,在北京是每天可以听到的,但是一点风雅气也没有,而且是通年噪聒,不知道他是哪一季的鸟。麻雀和啄木鸟虽然唱不出好的歌来,在那琐碎和干枯之中到底还含一些春气:唉唉,听那不讨人欢喜的乌老鸦叫也已够了,且让我们欢迎这些鸣春的小鸟,倾听他们的谈笑吧。

"啾晰,啾晰!"

"嘎嘎!"

小桥·流水·人家

◎梅苑

春花秋月何时了,往事知多少?小楼昨夜又东风,故国不堪回首月明中。 雕栏玉砌应犹在,只是朱颜改。问君能有几多愁,恰似一江春水向东流。

每一次,每一次,当我轻念着李后主那幽丽清绝的词句时,心中总有说不尽的感触,由于李后主的不幸遭遇,使我联想到生命的坎坷,不觉便沉醉于缅怀过去的境界,想到往日金风送爽、桂子飘香的故乡。

多年来我虽然流浪在海外,但依偎在严父的膝下,淘气在慈母的怀中,我知道不少故乡的故事,故乡给我的印象是鲜明而不陌生的。

我知道故乡有一条长长的小溪流,溪旁垂满了杨柳,有一座小石桥横躺在溪的中央,当绚丽的夕阳西下,反映着从农家里升起的缕缕炊烟,这就是人间一幅绝美的"小桥、流水、人家"的图画。

父亲常告诉我:"人家"的温情是纯朴而敦厚的,邻里间的亲切就像一家人,譬如西家里有什么事,东家也忙得不亦乐乎,特别是什么花月良辰,春秋佳日,那种欢乐的情景,使人留下不尽的回味。

我也知道故乡有一望无际的稻田,春天时,翡翠的禾稻油

绿得像一片碧海。到稻熟谷黄,在耀眼阳光下的田野,乍看起来,煞像安徒生童话中的黄金世界。

　　我以前寄寓的门前,有一片小竹林,我自小对于竹有一份偏爱,我很爱凝立在竹下,对着修长的绿竹出神。每次我这样做的时候,母亲总是一把扯我到她的怀里,吻着我的小颊说:"傻孩子,这几枝秃竹也值得你如此出神,要是你回到故乡祖家的'竹园',那茂绿的竹林,怕不使你更迷恋。"于是,我又趁势在母亲的怀里撒娇,直至她再一次告诉我"竹园"的故事。奇怪,对于她千篇一律的叙述,我会百听不厌!

　　"竹园"是一座满栽竹树的园圃,我的家就被苍翠的竹林所包围,"竹园"有一份书香味的清雅,也蕴藏着淡淡的寂静。每年夏季是"竹园"最热闹的时光,许多亲戚邻里都喜欢抽空到"竹园"内席地取凉。因为故乡的夏天特别长,而且天气炎热,他们一则可以避暑,二则大伙儿聚在一起闲话桑麻,也是一件赏心乐事,难得我祖父又非常好客。不过,一片黄叶,"竹园"便知秋,还未到冬天,已经有寒冬的萧索与冷落了。

　　母亲说:在我周岁时,刚逢着祖父五十大庆,曾带我回"竹园"拜寿。那时,我在家族中是最小的,又顽皮得像个男孩,所以祖父最疼我,一有空便抱着我整天往外跑,常常乐而忘返。祖父最爱伫立在小桥上,欣赏落日与流水,而我却爱看人家中的缕缕炊烟。每看到从人家的烟囱里,冒出绕绕黑烟时,我会高兴得拍手乱跳,有一次,祖父就差点把我掉到溪里。还有溪旁的垂柳轻拂到我的小脸时,我就笑得合不拢嘴,祖父也开心极了。怪不得我长大后,成了大自然的崇拜者,原来在孩提时,祖父已教我认识了它。

　　生活的鞭子,要父亲向故乡告别了!祖父舍不得我,要把我留在"竹园",可惜我那时太小,一切需要母亲照料。所以,祖父只好忍痛让我离开,为了这事,祖父难过得几天也无心茶饭。最后,祖父在轮船上把我交给母亲时,我还亲热吻着他的白发,要他明天再抱我去看小桥、流水与炊烟。脸上孕育着一片天真的稚容,幼小的心灵又哪能了解祖父凄怆的心境,与"别时容易见时难"的滋味。

每次我听到这里的时候,我的眼睛总闪烁着快乐的泪痕,为了"竹园"与祖父,我对故乡从向往中平添一份渴望。我曾想:将来我长大了,一定要重回故乡,看看故乡的"竹园"是怎样地秀美?我要任情地鉴赏绿竹的丰逸。最重要的,还是解慰祖父与我的相思。那时,到我一有空便拖着老祖父整天往外跑了。我一定乖乖地依偎在祖父的身边,让他可以宁静地欣赏落日与流水,我也可以写意地凝望人家中的缕缕炊烟,和溪旁拂面的垂柳……

回首最使人心碎,一页往事,万般惆怅,当我从回梦中惊醒,触目到残酷的现实,总使我无限感慨。自顾到如今孑然一身,严父远居海外,何时得以重依膝下,拾回旧日的欢乐。慈母又已永别人间,回想小时的撒娇、淘气,只赢得不尽的唏嘘、叹息,更是哪堪回首!

"小桥、流水"纵幸依然无恙,又怕"人家"已空留下使人凭吊的废墟……

1962年于台湾

紫藤萝瀑布

◎宗璞

我不由得停住了脚步。

从未见过开得这样盛的藤萝,只见一片淡紫色,像一条瀑布,从空中垂下,不见其发端,也不见其终极,只是深深浅浅的紫,仿佛在流动,在欢笑,在不停地生长。紫色的大条幅上,泛着点点银光,就像迸溅的水花。仔细看时,才知那是每一朵紫花中的最浅淡的部分,在和阳光互相挑逗。

这里春红已谢,没有赏花的人群,也没有蜂围蝶阵。有的就是这一树闪光的、盛开的藤萝。花朵儿一串挨着一串,一朵接着一朵,彼此推着挤着,好不活泼热闹!

"我在开花!"它们在笑。

"我在开花!"它们嚷嚷。

每一穗花都是上面的盛开、下面的待放。颜色便上浅下深,好像那紫色沉淀下来了,沉淀在最嫩最小的花苞里。每一朵盛开的花像是一个张满了的小小的帆,帆下带着尖底的舱。船舱鼓鼓的,又像一个忍俊不禁的笑容,就要绽开似的。那里装的是什么仙露琼浆?我凑上去,想摘一朵。

但是我没有摘。我没有摘花的习惯。我只是伫立凝望,觉得这一条紫藤萝瀑布不只在我眼前,也在我心上缓缓流过。流着流着,它带走了这些时一直压在我心上的焦虑和痛楚,那是关于生死谜、手足情的。我沉浸在这繁密的花朵的光辉中，别的一切暂时都不存在，有的只是精神的宁静和生的喜悦。

这里除了光彩，还有淡淡的芳香，香气似乎也是浅紫色的，梦幻一般轻轻地笼罩着我。忽然记起十多年前家门外也曾有过一大株紫藤萝，它依傍一株枯槐爬得很高，但花朵从来都是稀落的，东一穗西一串伶仃地挂在树梢，好像在察颜观色，试探什么。后来索性连那稀零的花串也没有了。园中别的紫藤花架也都拆掉，改种了果树。那时的说法是，花和生活腐化有什么必然关系。我曾遗憾地想：这里再看不见藤萝花了。

过了这么多年，藤萝又开花了，而且开得这样盛，这样密，紫色的瀑布遮住了粗壮的盘虬卧龙般的枝干，不断地流着，流着，流向人的心底。

花和人都会遇到各种各样的不幸，但是生命的长河是无止境的。我抚摸了一下那小小的紫色的花舱，那里满装生命的美酒酿，它张满了帆，在这闪光的花的河流上航行。它是万花中的一朵，也正是由每一个一朵，组成了万花灿烂的流动的瀑布。

在这浅紫色的光辉和浅紫色的芳香中，我不觉加快了脚步。

1982 年 5 月 6 日

碧螺春汛

◎艾煊

节令刚交春分,湖中洞庭山上的碧螺春茶汛便开始了。这是一年中头一个忙季,也是一年中头一个收获季节。春天和茶汛一同涌进了公社的大门,社员们家家户户又忙碌又欢喜。

春分的早上,村南靠湖边的一条静静的弄堂里,全村头一个早起的人家,传出了门橛在门臼里转动的吱呀声。门,轻轻地开了,又轻轻地带严了。

兰娣背了个桑篮,在青石板的村街上,走着细碎轻快的步子。一边走,一边拢头发、扣衣襟上的布纽扣。穿过橘林,一径向山坞深处走去。苍蓝的橘林树隙间,此刻还不见一丝亮光。

天空的夜云和太湖的水面,还是连接成一片。云和水,都还是同样的颜色,乌蓝乌蓝的,叫人分不清此刻到底是初更还是深夜。只有专管报时的雄鸡,和起惯绝早的农民,才晓得这是早春时节的黎明之前。

贪春眠的太湖,正沉睡未醒。远处,百里外的天目山方向,一颗颗萤火似的亮光,在又像是湖水又像是云彩的地方,闪闪眨眼。使人很难分得清爽,是天上的繁星落进了太湖里,还是湖中的渔火飞上了天;或者是长兴煤矿的电灯,在替湖中夜捕的渔民指示航向。

这时,村边的小河浜里,响起了均匀的橹声。猎鸳鸯、猎野鸭的小快船,和捕春鱼的网船,一条跟着一条,牵成线,从滨湖的石埠头边摇出港,咿咿唔唔的,一径摇到乌蓝的太湖里去了。

湖水已经回暖了,甜了。银鱼、红鱼、鲫鱼,成群结队的,开始浮游到水面上来迎春孵卵了。

山坞里静煞,就连欢喜吵吵笑笑、多嘴多舌的鸟们,也还春眠正酣。只有兰娣和另外几个迎接茶汛起得绝早的小姑娘,在山坞里挖笋、采蕈。春分时节,正是梅蕈、松蕈、黄栀蕈开始旺发的季节。

兰娣一不挖笋二不采蕈,她在替公社的香精厂采蔷薇。她跷起灵巧的指尖,避开桠枝上刺手的短针,飞快地把一朵朵白花拗进桑篮里。

淡蓝色的晓雾,从草丛和茶树墩下升起来了。枸橼花的清香、梅和松花的清香,混合在晨雾当中,整个山坞都是又温暖又清凉的香气;就连蓝雾,也像是酿制香精时蒸发出来的雾气。

忽然,缥缈峰下一声鸡鸣,把湖和山都喊醒了。太阳惊醒后,还来不及跳出湖面,就先把白的、橘黄的、玫瑰红的各种耀眼的光彩,飞快辐射到高空的云层上。一霎间,湖山的上空,陡然铺展了万道霞光。耀花眼的云雀,从香樟树上飞起,像陀螺样打转转,往朝霞万里的高空飞旋。在沙滩边和岩石下宿夜的鸳鸯、野鸭,也冲开朝霞,成群成阵地向湖心深水处飞去。

村子里也热闹起来了,羊子的唤草声,孩子刚醒转来口齿不清的歌声、笑语声,火刀石上的磨铓声,水桶的磕碰声……

春

钟声送走了宁静的黎明,迎来了一个新的劳动日,迎来了碧螺春茶汛的头一个早晨。

茶汛开始的辰光,一簇簇茶树刚从冬眠中苏醒过来,桠梢上一枪一旗刚刚展开,叶如芽,芽如针。可是只要一场细雨,一日好太阳,嫩茶尖便见风飞长。

茶汛到了,一年中头一个忙季到了,头一个收获季节到了,个个人都开开心心的,真像是过节一样。就连小学生也欢欢喜喜地读半天书放半天茶假,背个桑篮去采茶。

采茶采得清爽、采得快,全大队没啥人敢跟兰娣比赛。往年,兰娣采茶的辰光,在她的茶树墩周围,时常有几个小姊妹,似有心若无意地跟她在一道做活。阿娟总是拿妒羡的眼神,斜眼偷瞟兰娣灵巧的手指;云英却衷心敬佩地、从正面紧盯住兰娣的动作。今年,开采的头一天清早,一下就有十几个唧唧喳喳的友伴,围拢在兰娣茶树墩的四周。十几个小姑娘,都急忙想学会兰娣双手采茶的本领。在我们这个有一千多年历史的古老茶山上,兰娣,是头一个用双手采茶的人。

别处名茶区的茶树,都是几百亩上千亩连片种植。茶树墩横成线竖成行;树冠像公园里新修剪过的冬青,齐齐整整。但我们这个碧螺春故乡的茶树,并无大面积连片茶园,它散栽在橙、橘、枇杷、杨梅林下,成了果林间的篱障。茶树高高低低,桠枝十分杂乱,但兰娣的双手,却能同时在参差不齐的桠梢嫩芽尖上,飞快地跳动,十分准确地掐下一旗一枪。大家形容她灵巧的双手"就搭鸡啄米一样"。虽然她的手那么灵活,又那么忙碌,但兰娣的心境神态,仍旧跟平常一样,左右流盼,不慌不忙,悠悠闲闲地和友伴们讲讲笑笑。

围在兰娣身边的小姊妹,都拿眼光紧紧地盯牢她的双手;同时,也在自己的心里,替兰娣的技巧做注解、做说明。阿娟,甚至以为自己已经掌握了兰娣双手采的窍门,可是自己一伸出手来,马上就眼忙手乱了,不是顾上左手忘了右手,就是眼睛和手搭配不起来。她苦笑笑说:"看人家吃豆腐牙齿快,看看兰娣采,容易煞;看看,看看,眼睛一眨,鸡婆变鸭。"

云英干脆问兰娣,她是怎么样才会采得这么快的。兰娣笑笑说:"我也讲不清爽唲。喏,就是这样采——"兰娣是个心灵手快但是嘴笨的姑娘,大家都晓得她确实是会做不会讲啊。

后来,阿娟和别的小姊妹们,虽然学会了兰娣的双手采,但产量仍旧落在兰娣后边。每晚歇工的辰光,队长和社员们一碰见记工员,头一句话常常是问:"兰娣今朝采仔几斤?"兰娣采几斤,成了黄昏头歇工时全队顶顶关心的事情。

队里一向有这样一个习惯:每天夜饭后,除了几个困早觉困惯了的老老头之外,全队的人,差不多都聚在俱乐部的厅堂里。有时开会,就是不开会,也欢喜三五个要好的朋友,围坐到一张台子边;泡一壶茶,摆几只茶盅,抽抽旱烟,云天雾地地谈谈闲话。妇女们常常是就着桅灯纳鞋底、结绒线、缝补衣裳。孩子们趴在台子上做功课,有时也追逐打闹。

但,茶汛一到,夜饭后的俱乐部厅堂,就完全变换成了另一种景象,像送灶前替过春节准备年礼一样,又忙又开心,喜气洋洋。妇女们收起针线活了,男人们也不拢起袖子光抽烟了。男的女的,老人小孩,都围在桌边,一边拣茶叶,一边讲笑话、谈家常。台子当中,堆放了一堆鲜嫩的带紫芽的绿叶,无数手指,在轻轻地拨动这堆嫩叶。这些生了老茧子的粗糙指头,又快又准地从成堆的茶叶中,分拣出细嫩的芽尖一旗一枪

来。手指头那么粗糙，想不到拣茶时竟又这么灵巧，就像银行会计拨算盘珠样地异常轻快、异常熟练。

大家把拣好的一旗一枪和鸭脚片，分别倒进两个栲栳里，再送到炒茶灶间去。但是兰娣采的嫩叶，却并不混搀在这个共用的栲栳里，按照队里几年来的习惯，兰娣采的茶叶，一径是另拣另炒。队里顶好的炒手阿元叔，成了兰娣的老搭档。他俩采、炒的茶叶，不但是全队的标兵，就是在整个茶汛期间，兰娣和阿元叔的茶叶，一径是公社收购站里评品等级的活标准。

嫩青叶拣好后，装进栲栳里，送到厅堂前边的三间头炒茶灶间。厅堂通炒茶灶间，有条过道，新茶的清香，就从过道敞开的侧门口，一阵阵飘进厅堂里来。拣茶叶拣倦了的人，就跑到灶间去，从炒茶灶上沸滚的汤罐里，舀一杯开水，泡几片刚刚炒好、热气还不曾消散的碧螺春。

灶茶灶间里，一并排砌了六眼茶灶。满屋里的空气，都是新茶和烧松针混合在一起的清香，素心兰的清香。

早春的夜晚，还少不了棉袄，但炒茶灶间里的阿元叔，却打着赤膊，双手插在摄氏九十几度烧烫的镬子里炒、揉、团、焙。

每夜，在阿元叔茶灶的周围，总归立有几个小姑娘小青年，这些才学做茶的新手们，眼也不眨地看着阿元叔怎么样掌握火候。就像俗话所说的，戏法人人会变，巧妙各有不同。茶叶质量的好坏，全凭炒手的巧手、慧眼。同样的嫩芽尖，好的炒手，可以把它炒成一等一级的极品；差些的炒手，也可能把它炒成三四级的次茶。炒碧螺春，这正是心准手巧的工艺活啊。阿元叔年纪大，眼睛不大灵光，时时从镬子里抓一把正在变形变味的嫩青叶子，平摊在掌心里，就着煤油灯，眯缝着眼细看，赛过刺绣姑娘那样细心耐性。

炒茶顶要紧的关键就是掌握火候。灶火要有时炀、有时文；团要有时松、有时紧；揉要有时重、有时轻。揉要揉到镬子上涂满了一层咖啡色的茶膏；团要团得又紧又松散。阿元叔对碧螺春的质量非常考究，总是要焙到干而不焦，脆而不碎，青而不腥，细而不断。焙好的茶叶，总归是卷曲像狮毛，绒衣像雏鸡。在公社收购站里，检验和评定等级的几位专家，都是顶顶严格、顶顶有经验的"挑剔"能手。从前验茶，只抓一把在掌心里看一看、闻一闻，今年却要拈一撮新叶摆在杯子里泡一泡，色、香、味、形，四条都要符合国家规定的标准。

不管怎么样严格的检验，金子总归还是金子。茶叶的质量，是随着节令的推移而变化的，质量标准每天都不同。但，阿元叔总归每天都能做得出当天质量顶好的碧螺春。公社收购站里，每天收进的几十斤几百斤上等的碧螺春中，阿元叔一径在等级上领先。收购站里有一只样品杯子，是专为阿元叔预备的。那杯里，每天早上换一次阿元叔头夜新炒的叶子，于是，那一杯新茶，就成为评定当天碧螺春等级的活标准。

每天拂晓辰光，山坞里和环湖的林荫道上，就有成群结队的送茶担，汇向同一个地方去。——各个生产队里，都派有专人把头天夜里新炒的碧螺春，送到公社收购站去。根生，是我们队里送新茶的专差，每天送过茶叶，从收购站里回来，一路上遇到许多别的队和本队上早工的人，总归要重重复复地向根生打听："今朝阿元叔是几级？"根生的回答，又总归是叫人又嫉妒又开心。根生回答后，总时常听到别队的社员，用善意的语调笑骂一句："今朝，又让这个老家伙，抢去了我们的状

元。"根生也开心地笑了,他觉得人家骂得有理:阿元是个茶状元。是个别人抢不走的茶状元。

阿元叔能每天炒出好茶,也亏得有两个好搭档,一个是好采手兰娣,一个是会烧火的橘英。

烧茶叶灶和烧饭灶不同。烧饭灶,只要把劈柴架空、烧旺,就不必那么勤照管。烧茶叶灶的人,一霎也不能离开灶膛口,要专心一意地和炒手配合好掌握火候。平常,一个人只能烧两眼灶,橘英一个人倒烧了六眼灶。橘英烧的茶叶灶,是六眼连成一排的联灶。炒手们在灶前焙茶,橘英在灶后烧火,炒手们和橘英之间隔开一层烟囱墙,互相都望不见。橘英在灶后,只听见灶前的人在喊:"喏,我这一镬子要炀一点。"同时,另一个炒手也隔层墙在喊:"橘英,我这一镬子要停脱。"隔开一层墙,看不见说话人的面孔,六个人又都是用"我"来称呼自己,往往又是两三个人同时在喊,但各人的要求又如此不相同:有的要炀,有的要文,有的要烧,有的要停。橘英必须在这复杂的情况下,无误地满足各个人这些各不相同的要求。橘英瘦小灵巧的身材,十分灵活地从这个灶膛口跳到那个灶膛口,来来往往,像舞龙灯一样。有时在这个灶膛里,塞进两棵结满松球的松桠,把火势烧得哄哄响;但在另一个灶膛里,只轻轻地撒进几根温和的松针。

从黄昏到深更,在碧螺春茶汛的那些春夜里,个个村子的炒茶灶间,都是夜夜闪亮着灯光。新焙茶叶的清香跟夜雾融合在一道,从茶灶间飞出来,弥漫了全村。香气环绕着湖湾飞飘,一个村连一个村,一个山坞连一个山坞,茶香永没尽头。一个夜行的人,茶汛期间在我们公社走夜路,一走几十里,几十里路都闻的是清奇的碧螺春幽香。难怪碧螺春最古老的名字,就叫作"吓煞人香"。

采茶采到谷雨后,茶树的嫩梢已有旗无枪,到立夏,叶片便平展开了。于是,从春分到立夏的一个半月的茶汛结束了,心灵手巧的采茶姑娘们,又结伴转到蚕室里去了。

茶叶灶在准备迎接新的茶汛,准备茶树嫩梢暴新时,做夏季绿茶——梅尖。

风筝

◎任大霖

最后一场春雪刚刚从枯黄转青的草地上融化,风,开始从尖利转得柔和,最早的几只风筝就出现在天空。

在我的童年,生活是那样困苦,能吃饱肚子已是最大的幸福,玩具是根本没有的。唯一的例外是在春天,我们可以玩风筝。

在六岁以前,我没有独立地放过风筝,妈妈怕我在山冈上摔断腿,只让我跟着隔壁的贵松哥哥,做他的"跟屁虫"。

贵松哥哥比我大三岁,在村里以掏鸟窠和打架著名,大人们甚至把他作为顽皮的榜样来教诫自己的孩子。但他从来不欺负我,相反的,倒是我的保护人。"跟我去玩好了,"他总是这样对我的妈妈说,"我会管他的。"真的,跟着他,我从来没有吃过亏。

跟贵松哥哥去放风筝,我的任务是用两手捧住风筝,平直地举着,只等他大叫一声:"放!"我就赶紧松开手,让他把风筝拉着向前冲去,越冲得快,风筝越易飞高,等他跑开三四丈路模样,在山冈尽头收住脚步,风筝往往已经飞到天空,"站稳"了。这时,我就欢呼着,奔跑过去,贵松哥哥就让我拿一会绕线的竹筷。竹筷是重重的,拿在手上,就像拿着只宝贵的野白鸽,稍稍疏忽它就会飞走。贵松哥哥用一只脚擦另一只脚(他终年赤脚)得意地望着他的风筝,一面叮嘱我:"拿牢啊!拿牢啊!"遇到风大时,我更是用全部精力来拿牢这根竹筷,连心也激奋地跳动起来——这一刻,我体会到放风筝的真正乐处。

我七岁那年,有了第一只风筝,这是一只最简陋的小小的"衣鹞",于是,我和童年伙伴们一块举着风筝,在村中走过,看到有些孩子羡慕得把手指放在嘴里,有些孩子用绳拖着块碎纸,也当风筝在放,心里不觉充满了自豪感。我在高低不平的山冈上奔跑,亲手把风筝放上天空,学着贵松哥哥的样,把绕线的竹筷插在地上,自己躺在旁边,悠闲地嚼着"酸茎草"。有时候,贵松哥哥还敢来一手冒险勾当:故意让竹筷脱手,风筝就像断线似的飘去,竹筷像野兔一样,在地上一跳一跳地逃去,等它跳得相当远,他才发一声喊,追上去扑住竹筷。——不过那时我还不敢这样冒险。

在春天明朗的蓝天中,风筝是各色各样的:从四角方方的"瓦爿鹞"(鹞就是风筝),到气概华美的"老鹰鹞"和"蝴蝶鹞",高高低低、远远近近地在空中飘荡。我的"衣鹞",只有半张报纸那么大,在两边用红水印着"福"字,这种风筝是最普通的,你只要花三个铜子就可以在杂货铺里买一只。我的童年伙伴们大都是放这种风筝的,仅仅在尾部的装饰上有些不同:有的挂上一丛细纸条,有的贴上一串彩纸圈。对着那些华丽的风筝,我们只能用羡慕的眼光,久久地望着,欣赏,评论,叫好。

但是真正的奇景是河对岸金家桥村的那只"蜈蚣鹞"。每当它在天空高高升起时,所有的风筝都黯然失色,变得像在凤凰面前的麻雀那么渺小。"蜈蚣鹞"翱翔在最高的天空,就像一条游龙那样矫健;它还会发出嗡嗡的巨响,这更增加它的神采。

春

最向往"蜈蚣鹞"的,要算是贵松哥哥了。他总是跪在草地上,张大嘴,情不自禁地仰望天空。他说,这"蜈蚣鹞"是金老望店王家的,是用四四十六节风筝连成,节节有水缸那么大。放这风筝,要两个大人用粗麻线才拉得住,若叫我们去放,起码也得五个人拉。——我们都相信这些话,因为贵松的叔叔就是在金老望店王家做长年的。

回过头来,我们望望自己的小"衣鹞",唉,那简直不是风筝,而是一块块纸片,用两个小指头就可以拉住。

当然,"蜈蚣鹞"我们是怎么也不敢想有的(除非是做梦)!而我们却确实希望有一只大"蝴蝶",翅膀软软的,浑身花花绿绿的,两只眼睛能骨碌碌转动的,还能装上一个哨子,让它成为一只嗡嗡发响的大"蝴蝶"。不过这在当时也是一种奢望,因为做一只"蝴蝶鹞",需要不少的竹篾和桃花纸,还要一大团细麻线来放它。

我只是这样想想,而贵松哥哥却真的行动起来:他几乎爬遍了全村的树梢,去鸟窠里掏蛋。那时,专门养鸟的志西叔公还活着,他是愿意收买各种鸟蛋的,看你是麻雀蛋或是芙蓉蛋,每只蛋给你一个或者两个铜板。一天,贵松哥哥在桑树林里找到了两只翠绿色的长长的蛋,志西叔公反复研究以后,肯定这是画眉的蛋,就出十五个铜板收买了。这一来,贵松哥哥马上把应有的材料全买齐了。

他整天躲在阁楼上,削呀,刨呀,扎呀,糊呀,汗珠从他那布满雀斑的脸上渗出来,滴湿了薄薄的桃花纸。我时常去看他,见他那么吃力地伏在铺满了竹圈、竹架和桃花纸的桌上,聚精会神地翘起嘴唇在那里工作,总是又尊敬又可怜他。我想,做一只"蝴蝶鹞"的工程真大,比掏到二十只画眉蛋还难哩!

我尽力地帮贵松哥哥做些事。在扎骨子时,我帮他拿着竹架,帮他结绳,要不他只能用牙齿来结绳,而他的门牙是不全的。贵松哥哥说,等"蝴蝶鹞"做好了,算是我们两人的。别的人,连碰也不会让他们碰一下的。

我们足足忙了三天。两只眼睛还是托别人装上去的。最后,一只神气漂亮的"蝴蝶鹞",就完成了。好容易等它的浆糊干透(我们一直在向它吹气),贵松哥哥就举起它,我跟在旁边,到山冈上去试放。

我们故意在没人看见的时候去试放的。果然,"蝴蝶鹞"刚刚升起几丈高,忽然一个斤斗,骨碌骨碌地翻了下来。我急得大叫"啊呀",贵松哥哥却不慌不忙地在它的右边加上几块纸片。风筝又升起来,这会却向右边翻斤斗了,于是贵松哥哥又加重了左边的尾巴。最后,风筝不翻斤斗,却一直往下"坐"。这是"三脚线"吊得不准,重新吊过以后,风筝就非常稳了。

贵松哥哥很快地放完了麻线。我们的"蝴蝶鹞"飘摇直上,在风中摆出了十分优美的姿态,而且发出嗡嗡的声音。我去拿住竹棒时,感到力量很重,不小心的话,会被它拉得跌跌冲冲的。贵松哥哥在旁边快乐得大翻斤斗。

但是,就跟我们常见的情形那样,风筝刚刚"站稳",几滴稀疏的水珠从灰色的天空落下来——下春雨了。于是,贵松哥哥直跳起来,接过竹棒,以他特有的那种速度开始"抢收"。他的手腕转动得那么快,刹刹刹,像舞拳似的,竹棒上的麻线越绕越多,风筝也越拉越低,当春雨密集时,我们已经收下风筝,逃回家中了。

我们决定明天上午正式去放我们的新风筝。

第二天,天气晴朗,蓝天上飘着各色各样的风筝,正是我们的"蝴蝶鹞"大出风头的时候!我一次又一次地跑到贵松哥哥的阁楼下面,却老是看见窗户紧闭。我向窗口扔石块,高叫,丝毫没有得到回答。

最后,我忍不住了,就进屋去找到贵松的婶婶,问道:

"贵松哥哥呢?他出去了吗?"

那婶婶望望我,却冷漠地说:

"唔,他出去了。他到杭州去学生意了。他进当铺做学徒去了。"

我好久好久说不出话来。

我悄悄到阁楼上去看,发现一切东西都散乱地堆在地上:钓竿折断了,鸟蛋掼破了,我们自己用烂泥塑起来的公鸡也粉碎了……我知道这一切都是他自己破坏的。我知道他的脾气。他是不愿意离开这里的,他是不愿意做学徒去的,为了发泄怨气,他在临走时破坏了一切东西。只有那只"蝴蝶鹞",却独独完整无损地挂在壁上。是因为他心爱它呢,还是因为这算我们两人的东西,他才不撕碎它,踏烂它?我想了好久。

失去了贵松哥哥,我的春天失去了光彩。

我重新放起自己的"衣鹞",呆呆地望着它。这时春天将去,天空中风筝已经少了。我的小风筝孤零零地在空中飘荡。我感到自己像它一样地孤单。

映山红开了又谢,谢了又开。

两年过去了。

第三年春天,贵松哥哥从杭州回来,他是来过清明节的。

我们马上拥到他家,叫他一起去放风筝。

可是,站在我们面前的,已经不是两年前的贵松哥哥了。他白胖,文静;他穿着黑布长衫,戴着一顶瓜皮帽,帽上还装着个红顶。只是这顶瓜皮帽,就可以充分说明他不是一个孩子,而是一个大人了,虽然他的身材告诉我们:他只有十三岁。

他看见我们,不像过去那样偷偷地蒙住你的眼,或者朝你扮个鬼脸,引起我们一阵欢笑,而是像大人那样庄重地坐着,不声不响地坐着。他走路时用手撩着衣襟,一步一步庄重地跨着脚;我们叫他放风筝,他笑笑,拒绝了;在山冈上,他既不翻斤斗,也没竖蜻蜓,只是稍稍站立了一会,就回去了。——总之,他的一举一动,完全是一个大人。做一个大人,这没有什么不好,可是他终究只有十三岁呀!这样的年纪,在村里正是拉着风筝漫山遍野乱跑的时候。他只不过是一个"缩小"了的大人。

晚上,我去找他,请他帮我修补风筝上的破洞。我们坐在阁楼上,他给我讲城里的生活,讲学徒的生活,他说,在那里,他从早到晚忙着干活,劈柴,生炉子,烧饭,洗衣服,抱孩子……整天板着脸,把"笑"也忘记了,更不要说"玩"了。在那里,师傅是不许学徒笑的。

他给我讲了不少事情,我可想的是另一回事。我想:真正的贵松哥哥到哪里去了呢?也许被当铺里的师傅给锁在柜台里,永远出不来了;他们派了一个假贵松哥哥来,他既不会爬到樟树上去掏鸟蛋,也不会放风筝。

过了两天,贵松哥哥就到店里去了。临走的时候,他的眼里充满了泪水。我拉着他的手,直把他送上了航船。

每到春天，望着风筝，我总要想起贵松哥哥，我总是想象他穿着长衫，戴着瓜皮帽，站在柜台前，呆呆地望着光秃秃的城市的天空。

我为他短促的童年叹息。

1957 年春上海

见了樱花

◎谌容

阳春三月,东渡日本,正是樱花盛开的时节。

"樱花美极了,你一定要去看看。"朋友们叮咛着。

暮色中飞抵东京。步出机场,迎面是春雨绵绵。刚刚暖和的天气,还带着些儿寒意。这样的天气,能见到樱花吗?

"天气稍微冷一点,樱花还没开。过几天一出太阳,樱花就会开了!"日中文化交流协会的主人那么殷勤周到,善解客人心中的各种意念。

东京街头,皇宫附近,都可以看见一排排樱花树。它有点像苹果树,只不过枝条更柔软些、繁茂些,殷殷有点褐红的颜色,样子很平常。开花时,它真是那么好看吗?

望着阴郁的天空,我心里只想,天快晴起来吧!

一天傍晚,漫步银座闹市,在耀眼的霓虹灯下,出现了这样一种景象:几乎每个商店门前的电线杆上、树干上,都高高插起一枝枝粉红色大朵的花,飘飘摇摇,全是纸扎的樱花。大约东京人也等不及了,竟像招魂的一般,想用假花引出真花儿的香魂来!

日本人之迷恋樱花,在外人看来,真到了痴情的地步。在此花将开未开之际,报纸上就登起"樱花预报"来了。人们都很关心这花的预报,甚至比对天气预报还留意。我们的东道

主就不断向我们转达樱花预报的消息。

也难怪,在日本,樱花被誉为"国花"。据说早年间,在日本的小学教科书上,曾有这样的课文,号召孩子们学习樱花的"性格",效法樱花的"做人"。原来,这花只在每年春季开上几天。一棵树上数不尽的花朵,几乎昼夜之间同时开放,美艳无比。但它很快就凋谢了。它那似乎积聚了一年的精力,只为了一霎时的开花而"献身"。

说老实话,刚听到这种介绍,我心里是别有滋味的。我尊重日本人民对樱花的感情,我理解日本人民对樱花性格的推崇,正如我国人民推崇菊花、梅花一样。但是,"早年间",日本军国主义难道没有利用过日本人民对樱花的感情,日本的"武士道精神"、日本的"敢死队"难道不曾借着樱花的性格传播?或许,正因为这样,日本朋友才说那是"早年间"的事情。

那么,现在呢?现在日本人民爱樱花,富有怎样的意思呢?有一种解释,说是日本人有这样一种特性:无论干什么事情都拼命。而拼命往往是不能持久的,精力很快就消耗完了。这样的性格,也酷似樱花,因而日本人爱樱花。

也许,是这样的。也许,这不过是一种牵强附会之说。樱花,你为什么能赢得日本人民如此的爱恋,这只能留待见到你时再去琢磨了。

然而,几天的时间匆匆过去了,樱花毫无开放的意思。仍是暗淡的枝,仍是空落落的树。在东京是见不到樱花了,我们准备去奈良。

"奈良天气暖和,到那里就能看到樱花了。"主人笑着,满有把握的样子。

乘着飞快的电气火车,我们一行来到奈良。

奈良是美丽的。绿色的树掩映着小巧的住宅、商店,保存着昔日的古朴风貌。市政府的官员领我们参观了奈良旧城的模型,并讲解说:这座城是仿中国唐代京城长安建成的。如今看来,街巷寺宇、亭台楼阁,仍依稀令人忆起画中的盛唐京城。

在春日神社辉煌的神殿前,我们这些无神论者,也跟随神官击掌两下,顶礼膜拜了那无所不包的、凡人肉眼难见的诸神。在药施寺,我们着草鞋穿过出悟,低头进入一间木制纸窗的小屋,席地跪坐,庄严地接过主人虔诚地捧上的绿茶,欣赏了茶道艺术。在著名的奈良公园,我们见到成群的鹿和游人并肩漫步、嬉戏,体验了用玉米饼喂鹿的乐趣,体验了人与鹿之间的感情。

奈良公园的樱花树比比皆是。遗憾的是,它也板着面孔,光秃秃冷冰冰的,不露笑颜。看来,在奈良是看不到樱花了。

"不要紧,到京都我们一定能见到樱花!"主人安慰着我们,语气的肯定,似乎在作保证。

京都是另一座保护得极为完好的古城。从京都饭店俯瞰全城,令人想起《清明上河图》的街容市井。在最古老的先计町街的一家饭馆里,我们品尝了地道的日本泡菜。不知怎么,那泡菜、那炒豆腐渣,唤起我童年的回忆。这菜和我们四川最一般的家常菜很相似。后来,当我把这印象告诉历史小说家司马辽太郎先生时,他很认真地说,他认为这是从中国流传去的。

我们游览了岚山,瞻仰了周总理的诗碑。岚山这地方,水绿山秀,似画似诗。主人指着遍山的树林,说:

"那全是樱花树。盛开时,可好看呢!"

"可惜它不开呀!"我们已经泄气了。

"对不起！对不起！"

一声"对不起"，倒把我们逗笑了。从踏上这块国土，文化交流协会的朋友们无微不至地关心着我们，事事周到，满足了我们一个又一个的要求。唯一不能满足客人的，大约就是这总不开放的樱花了。

下一程，到著名的休养地箱根。根据"樱花预报"，到箱根是否能看到樱花仍是问题。不过，主人还是宽慰着我们说：

"只要天气好，还是有希望的。"

到了箱根，我们下榻在纯日本式的旅馆，睡在榻榻米上，沐浴温泉水，美食鸡素烧，学唱日本民谣，嘻嘻哈哈地穿和服摄影留念，体验了日本古色古香的习俗。

第二天去游湖，听说湖畔都是樱花树。但愿天气晴朗，"忽如一夜春风来，千树万树'樱花'开"吧！

清晨起来，推窗一望，只见阴云密布，不免大为扫兴。想起《红楼梦》里贾宝玉盼下雪天，好和姐姐妹妹去会诗时，他早起推窗一望，竟是白晃晃的银色世界，如愿以偿。我们的运气可比这位贵公子差多了。满心里盼个晴天，却偏是灰色的阴天。

"大概是看不到樱花了，天气太冷，真对不起！"主人连声道歉，倒弄得我们有些不好意思了。

"没关系，没关系！"我们反过来宽慰主人了。

乘坐游览船，我们泛舟湖心，举目遥望，果有一片一片的樱花树娇影绰绰，只是绝不见花朵。天空像挂了一层铅，愈来愈阴沉了，昏昏暗暗的，最后连两岸的树影儿也瞧不见了。到下船时，天空中纷纷扬扬，竟飘起雪花来。主人彻底气馁了，望着搓棉扯絮般的雪花，绝望地检讨起来：

"对不起,唉,真对不起!"

看着主人那可爱又狼狈的样子,连我这不会作诗的,也急口胡诌了一句:

"雪花胜似樱花!"

虽不算诗,但此情此景、此时此刻还是切题的。主人破涕为笑,连连点头说道:

"对,对!"

不见樱花面,心中实在有些遗憾。无奈归期已近,返回东京就准备启程回国了。

又抵东京时,天气倒是晴朗朗的。性喜和暖的樱花,会不会开放呢?这只能在自己心里琢磨,考虑到东道主的不安心情,再也不敢打听樱花预报了。

谁知,日中文化交流协会的朋友们却把客人观赏樱花当作一件大事。他们大概是开了会,进行了研究,并作出了决议。由协会主持工作的负责人向我们团长阳翰笙同志正式提出来:希望中国文联代表团访问延期五天,"保证到那时樱花就开了"。这周到、体贴、热忱的建议,使我们非常感动。不过,翰老还是用标准的四川话和气地婉言谢绝:

"没得关系,没得关系。这回看不到,下回再来看嘛!"

我心里想,这回看不到,下回就难了。谁知什么时候能再来?谁知来时是不是春天?但安排好的访问日程是不能随意变更。难道你能说,因为要看樱花,推迟回国日期?算了,四月四号的飞机票已经订好了。

三号,代表团的同志们还分头活动。凤子和我去访女作家山崎朋子。日方陪同我们的翻译是小慕君代女士。她端庄秀丽,精通业务,办事一丝不苟。半月来,我们一直在一块儿,

可以说很熟悉了。她不大爱笑,是个很严肃的姑娘。这天上了车,她忽然回过头来笑吟吟地说:

"樱花开了。回来时我们可以在车上看。"

"真的?开了?"我们高兴得笑了起来。

小慕一贯是胸有成竹地办着事。她似乎是早就安排好了行车路线。司机也一个劲儿地抄近路。有趣的是,这位经过严格交通规则训练的老司机,竟然违反了交通规则,在不该拐弯的小巷拐了弯。不知从哪里钻出来一个警察,命令我们的车停下。据说东京的警察很厉害,谁违反了交通规则,那可是毫不容情的。我坐在车里,很替司机担心,怕罚他的款,怕没收他的执照。还好,只见司机向他解释了半天,他又朝车里望了望,就抬手放我们过去了。我不知道司机解释些什么,他该不会说是因为带中国朋友去看花吧?

我们都松了一口气。司机左一拐右一弯,不一会儿,一片片盛开的樱花树就骇然窗外了。

樱花真的开了。那一朵朵娇小的花儿,似三月的桃花,却比桃花淡;似早春的白梅,又比梅花浓。一株株樱花树上,不见枝,不见叶,只见朵朵樱花,肩并着肩,手拉着手,熙熙攘攘,竞相开放。

蔚为奇观的是,那樱花,不是单个的一株,不是枝头的几朵,它是金灿灿、白花花、香艳艳的一片,连绵不绝,无边无涯。开得热烈,开得火爆,真可谓铺天盖地、气势非凡。从低处抬头望去,千树万树樱花树,好象置身在似烟似雾的樱花云下。从高处俯视,遍地樱花铺开来,又好像飘忽在如痴如醉的樱花湖上。

一时间,东京人好像接到"出游"的命令,从地底下钻出来了,从摩天大楼顶跑下来了。男的、女的、老的、少的,穿着漂亮的衣裳,欢天喜地赏花来了。主妇们携着丰盛的食物,一家家在樱花树下进餐。情侣们依偎着在花下漫步。孩子们在花中嬉戏。他们坐着,躺着,跑着,笑着,好像只有此时,只有在这樱花树下,他们才忘却了生活的劳累和烦扰,忘却了需要他们献出"血与肉"的那个不幸的年代。好像他们久已期望的,就是一年之中能在樱花树下得到片刻的安憩。这,是不是我所寻找的答案呢?不管怎样,年轻的一代渴望着和平、幸福,渴望着花一样的生活。

小慕君代笑了。她为中国朋友终于见到日本人民钟爱的樱花感到快慰,感到满足。那是一种出自内心的友好的笑容,至今还在我心里留下不可磨灭的印记。

采蕨日

◎简媜

通常都是在春日发生的。春,可不就是一个响亮的秘辛,流传在田野江涯,在看不见的泥腹底,听不出的河床里,总有一些什么被酝酿着。

早鸡鸣过之后,天光也散开了。村厝里处处可闻鼎灶之声,有人持着锄头细细地刮掉鼎背的沉灰,声音断断续续由急而缓;我睡在眠床上,为着这些晨嚣而假寐着,想象锄头划过灰层,必有柔细的微尘安静落下,最后落成一圈黑圆;倒扣的大鼎多么像半个地球,一把锄头正在飞奔。刮过的鼎特别容易上火,塞几束稻草引、撒几掌粗糠,灶门一扣,就把鼎内的白米水逼成软香的熟饭了。

在眠床上想着这些,感觉自己已经是个女人。

"起床!都六点半啰,起来扫地!"阿嬷喊着。

将厅堂的两扇木门"咿歪——咿歪"推开时,"吉祥""如意"二联又对着厅内了,遥遥与神案上的众神画像相对。壁上的老钟蹒跚地走着,还差一分钟就到六点半,我拄着扫帚坐在门槛上打哈欠,痴心要等六点半的钟声响了才要做工,依着柱壁便要打盹,老钟果然敲了一下,天要大亮了,隔夜的腹肚也有点咕咕。

稻草绑成的扫帚特别软,划过干泥地,好像梳发一般。早晨扫地的走势是从供桌底下开始往大门口扫的,说是把一夜的晦气扫走。墙脚有鼠迹、鸡羽、鸭粪,恐怕还有冬眠解困后的蛇蜕——那一定是上回做大水时潜游进来的那一条水蛇的,我已经在谷仓的风鼓下扫过半截了,想来还有半截可扫。实在畏惧蛇,苍天玄黄,再也找不到一样存在像蛇一般游刃于我的童心。也许跟去岁夏天挑草途中的惊吓有关。

阿旺丈公在埠头尾那块三分田的稻草不要了,他特地来家里问阿嬷要否?当然阿嬷一口要定。于是,整个夏天都被稻草误了,束草、暴晒、舞草,每天早晨喝过粥,就被阿嬷赶出家门去晒草,一把茶壶、一顶草笠,抄过遥远弯曲的田埂到埠头尾,一束一束地旋弄稻草,让艳阳把绿茎逼成黄梗才罢,我像操兵人,一师军马等着我下令,我却极其无聊,兀自寻找田中的青苔、酸酱、蛇莓,及紫色的鸭跖草,只希望太阳尽快吸干草管中的水。等到挑草那天,附近的旱田都已放水,有几个孩子正提着镰刀在割田埂上的郁郁草长。埠头尾离家很远,离柏油马路更远,只能用扁担一趟趟地将干草挑回后院堆垛。我为着省路,一趟就挑三十束草(大人也不过挑四十束),压得肩肉似要山崩,只管咬牙小跑步,田埂上的草一一被踏扁。就在我专神赶路,硬撑着一口闷气的时候,突然脚底触到一截冰软无力而又迅速溜动的东西,低头一瞧,还见到半截蛇身哗地惊游水田,我宛若电击,死命尖叫,连人带草都丢向田里,跌个大字!一颗红心撞动躯壳,却浑身无力动弹。直到裤管、衣衫都被新犁的田泥紧紧吸住,连勉强要挣都困难,一动念又想到老人们常说,犁田的时候会翻出蛇穴,水蛇、龟壳花、雨伞节、锦蛇……软泥似蛇意,一时千条万条蛇惊窜于全身,吓得我魂飞胆破,草也不要了,扁担也扔了,斗笠也不捡了,飞跑回家,

宁死也不去!

那条蛇到现在还藏在我体内。

"扫地扫到困去吗?坐在那'剁龟'?"(龟壳是剁不碎的,打盹的样子大概像憨人提刀剁龟吧!)

"阿嬷,风鼓下藏一尾蛇!"

"嗒?"她趴下来探,又抢走我手中的扫帚去掇,一点动静也无,"哪有蛇?黑白讲!"

"莫呢,我怎会扫到蛇皮?"

"扫到蛇皮就有蛇啊?你扫到鸡屎就有鸡仔影?"

虽是有理,但心里仍有不洁,一手握着竹竿,一手继续挥帚,万一有个动静,一竿子就打碎它的头。

这日正好初一,按例要供上清茶鲜果,趁阿嬷到饭厅泡茶,一溜烟摸走一粒橘子,薄皮绿意,真是诱人口水。躲在谷仓间享毕,连皮带籽一把扔进畚箕,正要捧去江边倒垃圾,阿嬷一个眼尖,问:

"怎有橘仔皮?"

"我奈也知?"供桌上带叶的小橘子们一个个对我眨眼似的,诱人地肥美多汁,也许待会儿再偷两个。

"谁偷呷我的橘仔?这要拜神明的!"

"我奈也知?"

"你在哪里扫到皮的?"

"隔壁间!不信你去看!"

阿嬷持着未点的香炷急急蹿到谷仓去,我又趁机揣两个橘仔在口袋,以惋惜而又见义勇为的口气对她说:

"免找啰!看到鸡屎敢就看得到鸡仔影?"

又赶紧出门去江边,做一个无辜又不知情的贼。

晨风迟迟,江岸竹枝、野树都未醒,一眼瞧去,好些新长的蕨卷正睡得新鲜。听说市场的蕨价颇看好,这几日那些女人一盆衣服捧到江边,不待洗,就先去采蕨。油嫩嫩的野蕨最爽口,细致得把人的魂都吃出窍。我四下望去,不见人踪,喜得丢了畚箕、褪了拖鞋,卷起裤管就要抢先挽去!背后响起单车铃,原来是巡完田水回家的阿青,他漫不经心地丢下一句话:

"查某鬼,小心,给蛇咬到啰!"

凉意被唤醒了,日头未出来,郁树野藤都带着鬼魅,鬼,我是不怕的,就怕蛇。赶紧捡了一口袋石头,噼噼啪啪往树根草丛丢,蛇窜没听着,倒听见江水在喊痛。这回我就安心些,任性去掐蕨头,蕨血绿得指肉泛锈,菜香腻腻扑鼻,才想起今早未曾吃粥,腹肚绞得难受,灵机一动,掏出橘子剥着吃,橘皮往江里扔,隐隐然看见虾跳,阿母说过阿爸一见虾子就下水摸捉,逮着了速速去壳就生嚼,他这等野蛮功夫我可不想学。草草食过橘肉,岸边的牵牛花邀着红莲蕉等着要开了。再过去的那一弯江岸,罕有人至,太过蓊郁森森,我迟疑了一会儿,决定蹑手蹑足去探,那里的野蕨一定肥。

蜘蛛在叶隙结网,只捕着一串露珠。漫了一地的岩苦菜,鲜黄野艳,一副等人去偷摘的模样,我暂时放弃采蕨,想摘一把黄花揣口袋,一摘,指头溢出了涩味,原来一股冲腥,倒被黄花熏了。不得已趴在土岸要捞水洗手,却照见阴惨惨一张披头散发的脸,那不就是自己!土屑捣乱水镜,那素脸倏地变成水逝。再往前走的时候,就有些迟疑了,仿佛有不知名的人跟随在后,我屏住声息听,又不像人行粗重,或许是露为晨晞的声音,或许是野蕨卷须,掉了几粒孢子……我不敢回头,正正经经地往前走,某种恐惧像微风一般,轻轻扯着我的袖子。如

采蕨日

果我的口袋还有石头就好,要不,有一把紫葛的果子也行,我只有一抱困困的绿蕨而已!背后会是什么?一只钻洞的田鼠?一名游鬼?还是一尾馋人的蟒?

我一口气跑离江岸,那一霎,所有的恐惧精灵都从地底惊蛰,与我竞飞。当我跑到荫姑的竹围内,草屯下那只土狗狂吠不已,我大声向厝内叫:

"荫姑!荫姑!你今日要去卖菜么?我挽了蕨,托你卖!"

她从后院抱出洒了水的菠菜,正要放进篮里:

"才一把,给你阿母炒还不够!"

"莫要紧,你替我卖,卖不去才炒!"

我至草堆抽出几根稻草,湿了水,将蕨菜一把一把捆好,才不过三把,一心要将它们卖掉,谁吃了谁会患失魂落魄症!

"嘻!"隔壁的狗屎姑见着我,粲然一笑,"你真骨力啊,透早就去挽蕨!呷饱莫?"

"还未!"我说。

"啊!正好,我家灶头上还有昨暝的炖汤,我端给你呷!"

"是露螺的肉吗?是露螺我就呷,是鼠肉我不要!"狗屎姑炒的蜗牛肉极其鲜美难忘!那一回我帮她捡了一水桶的蜗牛。

"比露螺还赞的!"

"什么?这汤臭腥臭腥!"

"天生就这样的啦,补的呢,你喝完读册就第一名!"

"呷干干,生'懒ㄆㄚ'。"我把碗还给她,顺到念了口诀送她,意思是祝她生个男丁。

"哈!你狗屎姑不会生了!"荫姑说。

在回家的路上,却是觉得口燥,想起还有一粒橘子就快乐起来,一面剥一面往嘴巴塞,正眼一看才发现阿母在井边洗衣。

"免掩了,橘仔是你偷呷的,跟你阿嬷讲伊还不相信!"

"阿母,你莫讲,我请你呷一瓣!喏!"

"我才不像你天鬼!还不紧去呷粥!"

"不饿了,刚刚狗屎姑给我呷一碗汤,臭腥臭腥的!"

阿母停住搓衣的手,偏头一想:"哦,昨暝伊炖的!现鲜的!"

"阿母,什么汤?"

"蛇!"

所有的恐惧,在一刹那,都变成真实的了。

春底林野

◎许地山

春光在万山环抱里,更是泄露得迟。那里底桃花还是开着;漫游的薄云从这峰飞过那峰,有时稍停一会,为的是挡住太阳,教地面底花草在它底荫下避避光焰底威吓。

岩下底荫处和山溪底旁边满长了薇蕨和其他凤尾草。红、黄、蓝、紫的小草花点缀在绿茵上头。

天中底云雀,林中底金莺,都鼓起它们底舌簧。轻风把它们底声音挤成一片,分送给山中各样有耳无耳的生物。桃花听得入神,禁不住落了几点粉泪,一片一片凝在地上。小草花听得大醉,也和着声音底节拍一会倒,一会起,没有镇定的时候。

林下一班孩子正在那里捡桃花底落瓣哪。他们捡着,清儿忽嚷起来,道:"嗄,邕邕来了!"众孩子住了手,都向桃林底尽头盼望。果然邕邕也在那里摘草花。

清儿道:"我们今天可要试试阿桐底本领了。若是他能办得到,我们都把花瓣穿成一串璎珞围在他身上,封他为大哥如何?"

众人都答应了。

阿桐走到邕邕面前,道:"我们正等着你来呢。"

阿桐底左手盘在邕邕底脖上,一面走一面说:"今天他们

要替你办嫁妆,教你做我底妻子。你能做我底妻子么?"

邕邕狠视了阿桐一下,回头用手推开他,不许他底手再搭在自己脖上。孩子们都笑得支持不住了。

众孩子嚷道:"我们见过邕邕用手推人了!阿桐赢了!"

邕邕从来不会拒绝人,阿桐怎能知道一说那话,就能使她动手呢?是春光底荡漾,把他这种心思泛出来呢?或者,天地之心就是这样呢?

你且看:漫游的薄云还是从这峰飞过那峰。

你且听:云雀和金莺底歌声还布满了空中和林中。在这万山环抱的桃林中,除那班爱闹的孩子以外,万物把春光领略得心眼都迷蒙了。

窗外的春光

◎庐隐

几天不曾见太阳的影子,沉闷包围了她的心。今早从梦中醒来,睁开眼,一线耀眼的阳光已映射在她红色的壁上,连忙披衣起来,走到窗前,把洒着花影的素幔拉开。前几天种的素心兰,已经开了几朵,淡绿色的瓣儿,衬了一颗朱红色的花心,风致真特别,即所谓"冰洁花丛艳小莲,红心一缕更嫣然"了。同时一股沁人心脾的幽香,喷鼻醒脑,平板的周遭,立刻涌起波动,春神的薄翼,似乎已扇动了全世界凝滞的灵魂。

说不出是喜悦,还是惆怅,但是一颗心灵涨得满满的,——莫非是满园春色关不住,——不,这连她自己都不能相信,然而仅仅是为了一些过去的眷恋,而使这颗心不能安定吧!本来人生如梦,在她过去的生活中,有多少梦影已经模糊了,就是从前曾使她惆怅过,甚至于流泪的那种情绪,现在也差不多消逝净尽,就是不曾消逝的而在她心头的意义上,也已经变了色调,那就是说从前以为严重了不得的事,现在看来,也许仅仅只是一些幼稚的可笑罢了!

兰花的清香,又是一阵浓厚地包袭过来,几只蜜蜂嗡嗡地在花旁兜着圈子,她深切地意识到,窗外已充满了春光;同时二十年前的一个梦影,从那深埋的心底复活了:

一个仅仅十零岁的孩子,为了脾气的古怪,不被家人们了

解，于是把她送到一所囚牢似的教会学校去寄宿。那学校的校长是美国人——一个五十岁的老处女，对于孩子们管得异常严厉，整月整年不许孩子走出那所建筑庄严的楼房外去；四围的环境又是异样地枯燥，院子是一片沙土地；在角落里时时可以发现被孩子们踏陷的深坑，坑里纵横着人体的骨骼，没有树也没有花，所以也永远听不见鸟儿的歌曲。

　　春风有时也许可怜孩子们的寂寞吧！在那洒过春雨的土地上，吹出一些青草来——有一种名叫"辣辣棍棍"的，那草根有些甜辣的味儿，孩子们常常伏在地上，寻找这种草根，放在口里细细地嚼咀；这可算是春给她们特别的恩惠了！

　　那个孤零的孩子，处在这种阴森冷漠的环境里，更是倔强，没有朋友，在她那小小的心灵中，虽然还不曾认识什么是世界；也不会给这个世界一个估价，不过她总觉得自己所处的这个世界，是有些乏味；她追求另一个世界。在一个春风吹得最起劲的时候，她的心也燃烧着更热烈的希冀，但是这所囚牢似的学校，那一对黑漆的大门仍然严严地关着，就连从门缝看看外面的世界，也只是一个梦想。于是在下课后，她独自跑到地窖里去，那是一个更森严可怕的地方，四围是石板做的墙，房顶也是冷冰冰的大石板，走进去更有一股冷气袭上来，可是在她的心里，总觉得比那死气沉沉的校舍，多少有些神秘性吧。最能引诱她当然还是那几扇矮小的窗子，因为窗子外就是一座花园。这一天她忽然看见窗前一丛蝴蝶兰和金钟罩，已经盛开了，这算给了她一个大诱惑，自从发现了这窗外的春光后，这个孤零的孩子，在她生命上，也开了一朵光明的花，她每天像一只猫儿般，只要有工夫，便蜷伏在那地窖的窗子上，默然地幻想着窗外神秘的世界。

她没有哲学家那种富有根据的想象,也没有科学家那种理智的头脑,她小小的心,只是被一种天所赋予的热情紧咬着。她觉得自己所坐着的这个地窖,就是所谓人间吧——一切都是冷硬淡漠,而那窗子外的世界却不一样了。那里一切都是美丽的,和谐的,自由的吧!她欣羡着那外面的神秘世界,于是那小小的灵魂,每每跟着春风,一同飞翔了。她觉得自己变成一只蝴蝶,在那盛开着美丽的花丛中翱翔着,有时她觉得自己是一只小鸟,直扑天空,伏在柔软的白云间甜睡着。她整日支着颐不动不响地尽量陶醉,直到夕阳逃到山背后,大地垂下黑幕时,她才快快地离开那灵魂的休憩地,回到陌生的校舍里去。

她每日每日照例地到地窖里来,——一直过完了整个的春天。忽然她看见蝴蝶兰残了,金钟罩也倒了头,只剩下一丛深碧的叶子,苍茂地在薰风里撼动着,那时她竟莫名其妙地流下眼泪来。这孩子真古怪得可以,十零岁的孩子前途正远大着呢。这春老花残,绿肥红瘦,怎能惹起她那么深切的悲感呢?!但是孩子从小就是这样古怪,因此她被家人所摒弃,同时也被社会所摒弃。在她的童年里,便只能在梦境里寻求安慰和快乐,一直到她否认现实世界的一切,她终成了一个疏狂孤介的人。在她三十年的岁月里,只有这些片段的梦境,维系着她的生命。

阳光渐渐地已移到那素心兰上,这目前的窗外春光,撩拨起她童年的眷恋,她深深地叹息了:"唉,多缺陷的现实的世界呵!在这春神努力的创造美丽的刹那间,你也想遮饰起你的丑恶吗?人类假使连这些梦影般的安慰也没有,我真不知道人们怎能延续他们的生命哟!"

但愿这窗外的春光,永驻人间吧!她这样虔诚地默祝着,素心兰像是解意般地向她点着头。

春游

◎成仿吾

近来我对于自己的游惰，渐次发生了一种极强烈的反感。最初，我还只觉得闲着手不做事不像样；其次，我渐渐觉得我这个人真不中用，真可鄙弃；最后，我近来开始自己轻视自己起来了。这种自己轻视自己的感情，我只在学生时代有过几次。那时代，或是因为偷懒，或是因为神经病发作，或是因为要特别准备考试，不得不向学校请假的时候，虽然也欢喜暂时可以不做机械式的苦工，然而心里总有点觉得不大好过，有点怕见别人。在别的学生全体在课堂上课的时间，一个人独在家里闲居，或穿着制服在街上跑，这实是比什么苦工还要苦的工作。家里的窗壁器具会显出一些使人发汗的冷齿来，街上的行人的眼睛好像是专为猜疑一个离群的学生而生的，就是那素来极老实的太阳，它也迟迟不进，故意要使人烦恼。这时候，不论自己怎样辩护自己，总不免要觉得惭愧，更由惭愧而渐渐轻视自己。

我坐的人力车把我从龌龊的市中向龙华拖去的时候，这种感情又开始来缠绕我。街上来来往往的行人，当我要去探春的今天，好像比平日要勤快一倍的样子。虽然我不能了解他们为什么要这样忙，然而我从他们中间通过的时候，我只觉得好像我面前有一团烘烘的烈火。这个车夫好奇怪，他的跑法与别的车夫完全不同；别的车夫总是一耸一踊的跑，他却把全身当作了一个螺旋,在向空间螺进。我很惊讶地凝视着这个螺旋,心中却不住地把我与他的不同的两个世界在比较。一样地往龙华,偏有这样不同的目的、不同的状况与不同的心境!我打量他的身体,不像有什么缺点使他不能算一个人,他一样也是人的儿子!我这样想起来,恨不得马上跳下来让他坐上,我们来轮流拖着车跑。然而——纵不论及我的左脚有病,就只这被些少的知识去了势的我啊,恐怕拖不上两步,就要把我车上的乘客倾倒。我越想越觉得心里烦乱起来,我倒羡慕这车夫的平和的心境。

自从爱牟去了之后,我心里更加寂寞起来。又因为病卧了几天的缘故,我只觉得异常烦恼。回国以来恰恰三年了,我的有限的光阴,总是这样任它流去的吗?这只给我失望的痛苦的文学界,还有什么可以留恋、纵忍痛含羞而不足惜的吗?我非去与一切的门阀讲和不可吗?我将听从我们那些可敬的社会运动家的话,也做些"干呀!干呀!"的文字印在纸上,使那些正在读书时代的、热心的社会运动的青年拿去叹赏吗?诸如此类的问题时常在我的心头来往,我的神经病时常待发作,犹如在寻觅出路的一团高压的烈火。

今早嚼着面包看报的时候,看见了泰戈尔欢迎准备会的一则纪律,我心里大不以为然起来,我向T这样讲:

"这些人比我还要闲着不做事,我都觉得可以在他们脸上吐一脸的痰。"

"你以为他们是闲着吗?他们是忙着想博一点小小的名誉。"

"那就更该死了。"

我狠狠地把报纸丢向一边,却抬起头来观看窗外的天色。

在我窗子的上半部横着一片长方形的天空,浊得像牛乳一样;只右边的一角,露出一个好像无底的澄碧的深井。一方面低迷的天空好像要压到身上来,他方面那一角闲静的青天,又好像美女的明眸一般,在把我勾引,使我恨不得便向这无底的深井中一跳。据我自己的经验,这种恼人的春天是决不许人坐在家里心平气和地做事的。我于是想起了病中不曾去看的龙华的桃花来了。

前礼拜扑一个空,扫兴回来了的N说:现在该开齐了罢。

开齐与不开齐,我可无暇多管。住在上海好像坐牢,孤独的我又没有什么娱乐,在外人庇荫下嘻嘻恣欲的狗男女又使我心头作呕。外国人办的几个公园,都红着脸去游过多次,半淞园又那样浅薄无聊,此外还有什么地方可往?——我心里这样乱想时,我们都已穿好了衣服。

刚下了楼,邮差送来了一束信件,约略把要紧的信看了。信以外的是一些投稿和新出来的书籍,杂志与报纸附刊之类的东西。近来我渐次欢喜看外国的名家小说起来,我最怕看给我们寄来的这些物件;一半是怕增加失望的痛苦,一半是因为我近来痛恨这种糟蹋好纸,迫害排印工人的无聊的出版物。我把一部杂志扯破,分给了N和T,叫他们如厕时利用。我自己带了几张什么周刊附刊;留下的两张却屈它们代替了一个鞋刷子。

"谢谢。"

N和T一时猜不着我在向谁说,呆住了。我近来因为痛恨游惰的缘故,时常痛骂我所认为游惰的人。对于这种专门写些无聊的文字出风头的闲人,我的愤怒便再也按不下去了,不管T怎样向我申说这是可以伤那些作者的感情的。

我们渐次离开了窒息的尘烟,渐次走上了田间的土路,我在车上不住地乱想,但是我前面的螺旋又常把我回想的眼光扭了过来,使我想不起有系统的思想。我想起今天是来游春,我决定不再乱想了。我开始注意路旁的桑树,开始注意田间的人家,开始注意远方的缓舞风前的弱柳。

乳浊的低空里,渐次有成群的矮树在吐着淡青色的轻霞,望去好像一个小儿方从梦中微醒过来的样子。看,它因为准备起来跳跃,已经开始徐徐地呼吸新鲜的空气了!

游人好像渐渐增加起来,汽车蓦地从身傍过去,唯在一阵突起的飞尘中留下一声可以截铁的、锐利的笑语。马车得得赶上我们来,得意的年青的男儿,骄傲的美妙的少女,很高傲地望了我们几回,便扬长而去了。

我们尽在沙尘中苦熬,我的螺旋好像不能前进的样子,富儿们的车马却早已流水一般地过去。我的脸上似乎被沙尘披满了。骄傲的有钱的男女们哟!你们在华丽的大货店或大菜馆装点门面好了,为什么要来虐待路上的行人,轻侮这失意徬徨的我?

渐渐有一株一株盛开的桃树掩映在陌上人家了。游人都左顾右盼,指点相呼,好像全然沉灭在桃花的观赏了。只有汗流浃背的车夫,却仍在一心猛进。

右手边有了一片泛着红潮的桃树,但我们的车还是前进不止。又走了不少的路,我们才到了龙华。游客已经来得不少。一座高塔先牵住了我的注意,回头一看,却在一片车马的那边发见了一所寺院。N把我们引进了这寺院里。这是"龙华古寺"。游人已经挤得满满的了。妇女们在忙着烧香,男人却只是东奔西走。寺的建筑并不佳,两侧都有丘八住着,苍白的和尚使人看了作呕,除了丑恶的木偶之外,似乎没有一点可

春游

135

以使人发生宗教的情感。一些艳装的妇女在到处烧香跪拜，我从前只知道大绸缎店与大洋货店是她们最有用的地点，现在却发见了她们还有这一种用处。我们在人丛中混了一阵，觉得烟雾难当，便让 N 殿后，匆匆逃窜出来了。

"看桃花去罢。"——我的这个提议使 N 呆住了。他看了看我，知道我不是被烟雾熏得神经错乱了，才告诉我这里的桃花本不甚多，我们一路行来所见的已经不少。我听了他的话，几乎笑了出来，因为以桃花著名的龙华只有这寥寥的几株，实在未免近于滑稽了。

我们极力避开这些浅薄的男女们，便取了一条僻静的路走去。转几个弯，我们已经离开他们了。打破了一切的障蔽，自己诚恳地投到大自然中来时，世界要比平时光明几倍。我现在觉得我的脚步轻快起来了。勤快的农夫，质朴的农妇，他们在从事种种迟钝而平和的工作，孜孜不息。这光景又使我愧恨自己的游惰起来了。一个连长带了一队步兵从田中绕过，我心里暗想这也是些闲人，我们的民族全被这种种闲人弄成一个不可救药的僵尸了。

也不知道要往哪里去，偶然走到了一条溪边，一个三十多岁的男人站在石桥上乱喊。我们急忙走近，依他的视线看下去时，水里隐约有一个小人头在上下，我想向溪边跑下去，却早看见一个农夫扑通一声，跳下去了。溪水并不深，转瞬之间，这个不幸的小儿已经被抱上了彼岸。我们掉转头去看那边泛起一片红霞的桃林时，我对 N 与 T 说：这个男人是我们的社会运动家的代表。

绕过一个人家时，先锋 N 忽然站住了。几个年青的姑娘在那里写生。N 轻轻告诉我这是他母校的学生，顶前面的便是他曾说过的D姑娘。我们轻轻走过去。D姑娘笑向N点首。她们好像才来,画面还是些白纸。我们怕她们不好意思,便徐徐踱过去了,我心里想着N对我说过的话,觉得D姑娘她的红颊,美过桃花,她的心情更是优美无比。

到处有一种醉人的香气,我深深吸入胸中,自己觉得快要醉了。我想起日本四行的一首和歌来:

　　年轻的生命,我愿在好花下边,与春俱谢了,
　　当那阳春二月间,明月团圆的时候。

心中忽然起了一种悲感。我遥望着远处,那边渺不可即的远处,但愿我能够颓然倾倒。

一个小小村落前有一片鲜美的红霞。我们从田间的小径走到了它的前面。我们在桃花下立了一回,觉得彼此的脸上都有点红了。迎着春风走来,又寻到了盛开的几树。溪那边有一所私人的亭园,我们寻着一条小桥跑过去,叩开门,在园内走了几转。

我的病脚到底易疲,我渐次落在后面了。N和T见我这种情状,便也提议早点回家。我不愿打断他们的游兴,反而要他们多跑了几处地方。我们再从石桥经过时,日已西斜,写生的姑娘们已经不知何处去了。

疲倦毕竟逼我坐了车回家。我心里自问:我的一生便只能这样游惰的吗?我向两边的桃花告别,桃花也好像入了一种反省的心境。这回的车夫不像那个螺旋,只是一跳一耸。我的脑中充满了桃花,烟雾,写生的姑娘,民众运动家的代表……

春夜的幽灵

◎静农

魂来枫林青,魂返关塞黑。

我们在什么地方相晤了,在梦境中我不能认出;但是未曾忘记的,不是人海的马路上,不是华贵的房屋里,却是肮脏的窄促的茅棚下,这茅棚已经是破裂得倾斜了。这时候,你仍旧是披着短发,仍旧是同平常一样地乐观地微笑。同时表示着,"我并没有死!"我呢,是感觉了一种意外的欢欣,这欢欣是多年所未有的;因为在我的心中,仅仅剩有的是一次惨痛的回忆,这回忆便是你的毁灭!

在你的毁灭两周以前,我们知道时代变得更恐怖了。他们将这大的城中,布满了铁骑和鹰犬;他们预备了残暴的刑具和杀人机。在二十四小时的白昼和昏夜里,时时有人在残暴的刑具下忍受着痛苦,时时有人在杀人机下交给了毁灭。少男少女渐渐地绝迹了,这大的城中也充满了鲜血,幽灵。他们将这时期划成了一个血的时代,这时代将给后来的少男少女以永久的追思与努力!

"俞也许会离开这个时期的!"我有时这样地想。在我的心中,总是设想着你能够从鹰犬的手中避开了他们的杀人机;其实,这是侥幸,这是懦怯,你是将你的生命和肉体,整个地献给人间了!就是在毁灭的一秒钟内,还不能算完成了你,因为那时候你的心正在跳动,你的血在疯狂地奔流!

在你毁灭了以后的几日,从一个新闻记者口中辗转传到了我,那时并不知道你便是在这一次里完结了;因为这辗转传出的仅是一个简单的消息。但这简单的消息,是伟大的悲壮的。据说那是在一个北风怒啸的夜里,从坚冰冻结的马路上,将你们拖送到某处的大牧场里。杀人机冷然放在一旁,他们于是将你们一个个交给了。然而你们慷慨地高歌欢呼,直到你们最后的一人,这声音才孤独地消逝了!从我知道这消息以后,我时常在清夜不能成寐的时候,凄然地描画着,荒寒的夜里,无边的牧场上,一些好男儿的身躯,伟健地卧在冻结的血泊上。虽然我不知道你在其间。

一天清晨,我同秋谈到这种消息,他说也有所闻,不过地址不在某处的牧场,其余的情形都是一样的,但是他也不知道其间有你。忽然接到外面送来的某报,打开看时,上面森然列着被难者的名字,我们立刻变了颜色。这新闻是追报两周以前的事,于是证实了我们的消息,并且使我们知道被难的日子,——这一天的夜里,也许我还在荧灯前无聊地苦思,也许早已入梦了,反正是漠然地无所预感。然而我所忘不了的仍是两周后的一个清晨。

报上所登的名字有你的好友甫。回忆那三年前的春夜,你大醉了,曾将甫拟作你的爱人,你握着他,眼泪滴湿他的衣;虽然这犹不免少年的狂放,但是那真纯的热烈的友情,使我永久不能忘记。你们一起将你们献给了人间,你们又一起将你们的血奠了人类的塔的基础。啊,你们永远同在!

三年前,我同漱住在一块,你是天天到我们那里去的。我们将爱情和时事作我们谈笑的材料,随时表现着我们少年的

豪放。有时我同漱故意虚造些爱情的事体来揶揄你,你每次总是摇动着短发微微地笑了。这时候我们的生活,表面虽近于一千六百年前魏晋人的麈尾清谈,其实我是疏慵,漱是悲观,而你却将跨进新的道路了。

从此,两年以后,我们谈笑的机会于是更少了。虽然一周内和两周内还得见一面的。渐渐一月或两月之久,都不大能够见面了。即或见了面,仅觉得我们生活的情趣不一致,并不觉着疏阔,因为我是依然迷恋在旧的情绪中,你已在新的途中奔驰了。

去年的初春,好像是今年现在的时候,秋约我访你,但是知道你不会安居在你的住处;打了两天的电话,终于约定了一个黄昏的时分,我们到你那里去。你留我们晚餐。我们谈着笑着,虽然是同从前一样地欢乐,而你的神情却比从前沉默得多了。有时你翻看你的记事簿,有时你无意地嘴中计算着你的时间,有时你痴神地深思。这时候给我的印象,直到现在还没有隐没;这印象是两个时代的不同的情调,你是这样地忙碌,我们却是如此地闲暇,当时我便感觉着惭愧和渺小了。

以后,我们在电车旁遇过,在大学的槐荫下遇过,仅仅简单地说了一两句话,握一握手,便点着头离开了。一次我同秋往某君家去,中途遇着你,我们一同欢呼着这样意外的邂逅。于是你买了一些苹果,一同回到我的寓处,坐不久你便仓促地走了。秋曾听人说,你是惊人地努力,就是安然吃饭的机会,也不常有,身上往往是怀着烧饼的。

不幸这一次我送你出门,便成了我们的永诀!这在我也不觉着怎样地悲伤,因为在生的途上,终于免不了最后的永诀;永诀于不知不觉的时候,我们的心比较地轻松。至于你,更无所谓了,因为你已不能为你自己所有,你的心你的情绪早已扩大到人群中了。况且在那样的时代中,时时刻刻都能够将你毁灭的;即使在我们热烈的谈笑中,又何尝不能使我们马上永诀呢?

春天回来了,人间少了你!而你的幽灵却在这凄凉的春夜里,重新来到我的梦中了。我没有等到你的谈话便醒了,仅仅在你的微笑中感觉着你的表示:"我并没有死!"

我确实相信,你是没有死去;你的精神是永远在人间的!现在,我不愿将你存留在我的记忆中,因为这大地上的人群,将永远系念着你了!

春雨

◎韦素园

在干亢的、尘沙飞扬的北京城里,本来不多雨。这几日,不知为了什么,落了一次,今晚又落起来了,——想是送暮春的。

我的心陡然忆起当日青年争相传说的一件故事:

在古老的支那有一块曾经被外人蹂躏过的地方,早年来过了一个这样的异省少女:缟衣素手,意态幽然;每当午后,烈日偏西的时候,母亲睡了午觉,她便携着唯一的亲密的伴侣——约有六七岁的小弟弟,一阵轻启了扉门,向外面走去。

日子经久了,母亲有时醒来,不见爱女,便着人在外寻找。

"妈妈,我和姐姐在那边看学生体操。"刚一进门,小弟弟便这样说了。

母亲凝视着爱女,隐忍一声不语;爱女看了一看母亲,仿佛含有几分羞怯更有几丝怒意似的。

然而异乡做客,这些微的隔膜都在亲爱中燃烧去了。

有一日,小弟弟从外面跑回来,手里拿着糖果,笑眯眯地进了姐姐屋里。

"姐姐,"他进了房门便说,"那边有个学生给我买的这些东西,他原先本说带我去摘野果。"

少女两颊微泛红意了,仿佛更带点热;她的心里像有小鹿在跳,一把将小弟弟紧紧搂住,小弟弟几乎急得要哭了。

"哦,他别的可说了些什么?"少女轻轻地问,更显得不安了。

小孩子摇一摇头,从她的怀中脱出,将糖果向口中一塞,便跑往门外不见了。

日子经久了,小弟弟手中时常不断糖果;姐姐对小弟弟也更加热爱起来了。

太阳快下山了。少女临在阶前,注视着远方红光灿烂的暮霞;在这暮霞的里面仿佛有一种神秘的,不可言说——尤其对于少女——的东西似的。

这时候,小弟弟从外面走来,低低地说:

"姐姐,你回答他的,我已经告诉他了。哦你看这——"小弟弟说着这话,便将纸条递给了姐姐。她顺手将纸条塞进自己的口袋里。

"小弟弟,"她说,"我们一同到后园里去,我捉蜻蜓和蝴蝶给你。"

"好。"小弟弟答了一声,她们便携着手走去了。

夜色盖笼了大地。青藤下,微风吹来,感受到丝丝的凉意。少女心中在想:"我明日傍晚怎好去践约会他呢?倘若我的母亲,倘若这四周的邻人要是知道……不过这也不大要紧。我害怕,我莫名其妙地畏惧,我很害怕初次看见了他……"这时候,在少女的脑海里,现出一条满生了绿草的蜿蜒的小道向海边迤去。在这小道上,有个青年,穿着海军制服,面孔红白,

身体异常秀健……少女想,"倘若我也随着这位少年顺这山路走去,到了海边,我们又将说些什么呢?——'不去'——"这只在少女意念的困难中一现,便又如迅速的流星一般躲起了。

晚钟敲了十下,慈母呼爱女就寝。

前面是无际涯的大海,两旁环绕了葱茏的丛山,小道上,夕阳下,隐约着两个人影,缓缓地前进。

这时候,不知为什么消息透露到全校中的同学耳中了。在一种不可明的力的支配下,成群的青年抛下了晚餐,如中疯魔似的,也走上小道了。

海风吹得正紧,野木忽忽有声,可怜在这异样地衰老的支那古邦的命运压抑着他们,心血异常地沸腾起来了;他们想探一探这神秘的究竟。

海天,树木,野草,晚烟,暮霞……作了这奇迹般的陪衬。

少女,面临大海,当着晚风,挺立在海边不动……晚潮渐渐地上来了,浸湿了她的足下的沙石,一转眼便又将她的两脚盖下了……成群的学生在四外作了弓形坐着,围着她和他……最后有人提议:如果她说一声"请你们回去",我们大家便走。

……

少女,面临大海,当着晚风,挺立在海边一动不动……

晚潮渐渐地上来了……

此时除低微的波声,一切都暂浸在沉默里。猝然间,好像发生了什么骇人的意外似的,学生都紧张地、慌忙地先后立了起来,折向旧道走去。"他"呢,在这剧烈的变化下,转睛一看,也便默然地随着他们。

晚潮是更高涨起来了……

"银姑娘!"——尖锐的急迫的喊声从一个约摸着有五十岁上下的,身着海军军官制服的,矍铄的老人口中发出,"你怎么还站在这里!?"

少女听明了这正是她的父亲至友——极熟悉的海军校长的声音,她便转过了低垂的头,从晚潮中走出。

两颊映着夕阳和晚霞,红晕得不堪了。

美丽的时光和美丽的心情截然逝去。

热闷的、恼人的四壁紧包了少女的未消尽的残夏。有时弟弟邀请姐姐一同出去,她便婉辞了他:"我们就在这看一看晚霞吧!"

绿荫下面,母亲晚间爱讲些故事,听得起劲时,倒也可减却苦恼。只是……只是当晚风从远远的、远远的海边送来晚潮的低低的细语的时候,她却静静地,静静地,若有所感似的,和着沙沙的叶声,暗暗地流下泪来。

残夏急驰过去,不久她便回到 P 城的学校了,在苦恼而且不敢向别人诉语时,她便将这生命上深刻了痕迹的隐情微微地泄露在洁白的纸上。

久之,她便成了一时享名的著作家——R 君,——有些人这样说。

我随手捻灭了灯,春雨仍滴沥地下着。这从未曾有的霎时的凄然凉爽的意绪仍继续飘浮在陡然的阴沉的暗黑里。

——一九二五、四、二二,晚雨时记

春意挂上了树梢

◎萧红

三月,花还没有开,人们嗅不到花香,只是马路上溶化了积雪的泥泞干起来。天空打起朦胧的、多有春意的云彩;暖风和轻纱一般浮动在街道上、院宇里。春末了,关外的人们才知道春来。春是来了,街头的白杨树抽着芽,拖马车的马冒着气,马车夫们的大毡靴也不见了,行人道上外国女人的脚又从长筒套鞋里显现出来。笑声,见面打招呼声,又复活在行人道上。商店为着快快地传布春天的感觉,橱窗里的花已经开了,草也绿了,那是布置着公园的夏景。我看得很凝神的时候有人撞了我一下,是汪林,她也戴着那样小檐的帽子。

"天真暖啦!走路都有点热。"

看着她转过"商市街",我们才来到另一家店铺,并不是买什么,只是看看,同时晒晒太阳。这样好的行人道,有树,也有椅子,坐在椅子上把眼睛闭起,一切春的梦,春的谜,春的暖力……这一切把自己完全陷进去。

听着,听着吧!春在歌唱……

"大爷大奶奶……帮帮吧……"这是什么歌呢,从背后来的? 这不是春天的歌吧!

那个叫化子嘴里吃着个烂梨,一条腿和一只脚肿得把另一只显得好像不存在似的。

"我的腿冻坏啦!大爷帮帮吧!唉唉……"

有谁还记得冬天?阳光这样暖了!街树抽着芽!

手风琴在隔道唱起来,这也不是春天的调子,只要一看到那个盲人为着拉琴而扭歪的头,就觉得很残忍。盲人他摸不到春天,他没有眼睛。坏了腿的人他走不到春天,他有腿也等于无腿。世界上这一些不幸的人存在着也等于不存在,倒不如赶早把他们消灭掉,免得在春天他们会唱这样难听的歌。

汪林在院心吸着一支烟卷,她又换一套衣裳。那是淡绿色的,和树枝发出的芽一样的颜色。她腋下挟着一封信,看见我们赶忙把信装进衣袋去。

"大概又是情书吧!"郎华随便说着玩笑话。

她跑进屋去了。香烟的烟缕在门外打了一下旋卷才消灭。

夜,春夜,中央大街充满了音乐的夜。流浪人的音乐,日本舞场的音乐,外国饭店的音乐……

七点钟以后。中央大街的中段,在一条横口,那个很响的播音机哇哇地叫起来,这歌声差不多响彻全街。若站在商店的玻璃窗前,会疑心是从玻璃发着震响。一条完全在风雪里寂寞的大街,今天第一次又号叫起来。

外国人!绅士样的,流氓样的,老婆子,少女们,跑了满街……有的连起人排来封闭住商店的窗子,但这只限于年轻人。也有的同唱机一样唱起来,但这也只限于年轻人。这好像特有的,年轻人的集会。他们和姑娘们一道说笑,和姑娘们连起排来走。中国人来混在这些卷发人中间少得只有七分之一,或八分之一。但是汪林在其中,我们又遇到她。她和另一个,也和她同样打扮得漂亮的、白脸的女人同走……卷发的人用俄国话说她漂亮,她也用俄国话和他们笑了一阵。

中央大街的南端,人渐渐稀疏了。

墙根,转角,都发现着哀哭,老头子,孩子,母亲们……哀哭着的是永久被人间遗弃的人们!

那边,还望得见那边快乐的人群,还听得见那边快乐的声音。

三月。花还没有开,人们嗅不到花香。

夜的街,树枝上嫩绿的芽子看不见,是冬天吧?是秋天吧?但快乐的人们不问四季总是快乐,哀哭的人们不问四季也总是哀哭!

1935年

清明

◎丰子恺

清明例行扫墓。扫墓照理是悲哀的事。所以古人说:"鸦啼雀噪昏乔木,清明寒食谁家哭。"又说:"佳节清明桃李笑,野田荒冢只生愁。"然而在我幼时,清明扫墓是一件无上的乐事。人们借佛游春,我们是"借墓游春"。我父亲有八首《扫墓竹枝词》:

别却春风又一年,梨花似雪柳如烟。
家人预理上坟事,五日前头折纸钱。

风柔日丽艳阳天,老幼人人笑口开。
三岁玉儿娇小甚,也教抱上画船来。

双双画桨荡轻波,一路春风笑语和。
望见坟前堤岸上,松阴更比去年多。

壶榼纷陈拜跪忙,闲来坐憩树阴凉。
村姑三五来窥看,中有谁家新嫁娘。

周围堤岸视桑麻,剪去枯藤只剩花。
更有儿童知算计,松球拾得去煎茶。

荆榛坡上试跻攀,极目云烟杳霭闲。
恰得村夫遥指处,如烟如雾是含山①。

纸灰扬起满林风,杯酒空浇奠已终。
却觅儿童归去也,红裳遥在菜花中。

解将锦缆趁斜晖,水上蜻蜓逐队飞。
赢受一番春色足,野花载得满船归。

　　这里的"三岁玉儿",就是现在执笔写此文的七十老翁。我的小名叫作"慈玉"。

　　清明三天,我们每天都去上坟。第一天,寒食,下午上"杨庄坟"。杨庄坟离镇五六里路,水路不通,必须步行。老幼都不去,我七八岁就参加。茂生大伯挑了一担祭品走在前面,大家跟他走,一路上采桃花,偷新蚕豆,不亦乐乎。到了坟上,大家息足,茂生大伯到附近农家去,借一只桌子和两只条凳来,于是陈设祭品,依次跪拜。拜过之后,自由玩耍。有的吃甜麦塌饼,有的吃粽子,有的拔蚕豆梗来做笛子。蚕豆梗是方形的,在上面摘几个洞,作为笛孔。然后再摘一段豌豆梗来,装在这笛的一端,笛便做成。指按笛孔,口吹豌豆梗,发音竟也悠扬可听。可惜这种笛寿命不长。拿回家里,第二天就枯干,吹不响了。祭扫完毕,茂生大伯去还桌子凳子,照例送两个甜麦塌饼和一串粽子,作为酬谢。然后诸人一同在夕阳中回去。杨庄坟上只有一株大松树,临着一个池塘。父亲说这叫作"美人照镜"。现在,几十年不去,不知美人是否还在照镜。闭上

---

　　① 含山是我乡附近唯一的一个山,山上有塔。——作者原注

眼睛,情景宛在目前。

正清明那天,上"大家坟"。这就是去上同族公共的祖坟。坟共有五六处,须用两只船,整整上一天。同族共有五家,轮流作主。白天上坟,晚上吃上坟酒。这笔费用由祭田开销。祖宗们心计长,恐怕子孙不肖,上不起坟,叫他们变成饿鬼,因此特置几亩祭田,租给农民。轮到谁家主持上坟,由谁家收租。雇船办酒之外,费用总有余裕。因此大家高兴作主。而小孩子尤其高兴,因为可以整天在乡下游玩,在草地上吃午饭。船里烧出来的饭菜,滋味特别好。因为,据老人们说,家里有灶君菩萨,把饭菜的好滋味先尝了去;而船里没有灶君菩萨,所以船里烧出来的饭菜滋味特别好。孩子们还有一件乐事,是抢鸡蛋吃。每到一个坟上,除对祖宗的一桌祭品以外,必定还有一只小匾,内设小鱼、小肉、鸡蛋、酒和香烛,是请地主吃的,叫作拜坟墓土地。孩子们中,谁先向坟墓土地叩头,谁先抢得鸡蛋。我难得抢到,觉得这鸡蛋的确比平常的好吃。上了一天坟回来,晚上是吃上坟酒。酒有四五桌,因为出嫁姑娘也都来吃。吃酒时,长辈总要训斥小辈,被训斥的,主要是乐谦、乐生和月生。因为乐谦盗卖坟树,乐生、月生作恶为非,上坟往往不到而吃上坟酒必到。

第三天上私房坟。我家的私房坟,又称为旗杆坟。去上的就是我们一家人,父母和我们姐弟数人。吃了早中饭,雇一只客船,慢吞吞地荡去。水路五六里,不久就到。祭扫期间,附近三竺庵里的和尚来问讯,送我们些春笋。我们也到这庵里去玩,看见竹林很大,身入其中,不见天日。我们终年住在那市井尘嚣中的低小狭窄的百年老屋里,一朝来到乡村田野,感觉异常新鲜,心情特别快适,好似遨游五湖四海。因此我们

清明

把清明扫墓当作无上的乐事。我的父亲孜孜兀兀地在穷乡僻壤的蓬门败屋之中度送短促的一生,我想起了感到无限的同情。

1972年

小城春色
——记一个逝去的春天

◎吴祖光

那夜里,我做了一个梦。

我梦见春天来了。

我梦见,我走在一条宽阔的大路上,在蓝天下,四周围一片骀荡的春风;风不扬尘,路上也没有别人;只有我一个,我一个。我低唱着春天的调子,一个人沿着大路向前走。我走得很快,我渐渐跑起来,风从我耳边吹过,也像在对我说:"春天来了。"

随后我就醒了,我的古旧而阴森得像宫殿一般的卧室还是漆黑的;待我掀开帐子,睁眼看时,窗帷上却已经染上一抹鱼肚色的晓光。

窗外,有快活的鸟声在叫,是迎着侵晓的露水,你春天的第一只鸟儿啊!

鸟儿啼破了这清晨,是春天真的悄悄地来了。

我便起了床,爬上了对门的城墙,去看那血红的太阳慢慢从东方升起;看见守城的老人打着呵欠打开了城门,我就出了城。

沿着田埂我向乡下走,为着去找寻那失去已久的春天。

就在这一个夜晚里,田野已暗自换上了春天的衣裳。风,

是吹面不寒的杨柳风;杨柳,站在路旁的,昨天还是萧瑟孤单的枯枝,也抽出了鹅黄色的新绿了。

柳树下一方晴光潋滟的春水池塘,吸引着那一排蹒跚行来的早起的鸭子,远远地便呷呷叫着,于是一个个跳进水去。塘里水花四溅,霎时间热闹起来。

我走上了那条蜿蜒的石板路,石板下面流响着由山水汇注而下的鸣泉。我上了坡,满山没有人迹,静静地让我一个人独享这朝阳下的光彩:风、云、天、地,正在萌芽的草和树木都在与我作无声的低语,有几个人能领略得这早起的幸福啊!

然而,是谁? 那对面走来的,拂开了拦路的枯枝,一颠一跛地走来的,那不也是个人么?

他给了我一阵心头的温暖。天地之间,我将不再是一个孤独的人。这是一个陌生的人。哪怕是陌生的人,我也将欢跃着去迎接他:喊他来一同消受这四周围的美妙。他走近来了,他是从太阳发光的那一方向来的。他背后射过来的太阳光照得我眼花,然而我看到了那残缺的身形,那一套灰色破敝的军装,我便认识了他,他不是个陌生的人。

他不是个陌生的人,每天黄昏的时候;在小城的街上走过时,我常常会看见他。这是一个可怜的残废的人,一个伤兵,一个失去了光明的瞎子,只有一只胳膊,两只脚也不是完整的,密密层层地用布条缠起的,外面绑着一双颜色已经发了灰的破草鞋;臃肿的,畸形的,脚的体态早已不复存在。每天下午他都在街上蹒跚地行路,用他唯一的一只左手拿着一根干树枝,无目的地前后左右挥动;偶尔也在地上试探,作为行路的指标——自然,对于小城里仅有的几条道路,他是很熟悉的了。

每天我看见他,我意识到他神经失了常。每次他挥舞着枯树枝从街上颠跛地走过,同时嘴里喃喃自语,间或夹杂着几声呼啸,那声音是相当惨厉的——我曾经侧着耳朵,靠近他去听取他的语意,却终于听不出他说的什么——那时候街上就必定有一群小孩子笑着,跳着,围绕在他的左右前后;大胆些的孩子有时会跑上去把他那根枯树枝的另一端揪住,等到他用力抽回,又扬起手来像要打人的时候,孩子们就轰然跑开,但过不多时又围拢来。小城是安静的,街道上没有车马,任凭孩子们随意嬉戏奔跑。路旁的店铺同住家的人都会站在各自的门前,含着闲适的微笑,看着这被侮弄的残废的人,直到他的畸形的身体,在街道转角处消失不见了。

人们将认为那是一张极丑极丑的脸;并且这张脸上永远看不出来有所谓喜怒哀乐,就是在被孩子们侮戏时,举起树枝要打人时,脸上还是漠然无表情的;所有的只是贫穷与麻木。有时他偶尔咧开那张薄嘴唇,残缺的黑色牙齿的嘴,那也许是表示他正在笑了。然而纵算是笑,给人的感觉也只是凄厉,抱在手里的娃娃会见了他的"笑"而哭起来的。

这是个可怜的人,残废的人,被剥夺了人的权利与资格,仅仅还被保留着"人"的称号的人。

今天,这大清早,从那朝阳升起的东方,他彳亍地向这边行近;仍旧是那顶破军帽,破军装,但是在血红的阳光下,却耀起了万道光芒。

他给我无限惊愕,我退到路旁,看着他距我更近了。

今天他更有与平日不同的地方,常拿着的那根枯树枝没有了。

可是那只独手不是仍旧微微举着吗?并且举在自己的脸

面前,时常更近地挨一下自己的鼻子?

他拿的是什么呢?我悄悄近前看他时,呵!哪儿来的一阵更浓郁的春天的气息啊!那是浅紫色的,金黄的心,细细的茎同绿叶,一朵小花呀!

我看了看四周围,地上的草同道旁的树还只有些微的绿意;山前山后,比绿色更多的是沙漠般的灰黄。

我无法更找到一朵花。然而这第一朵,春天的第一朵花却被这盲人得到了。他什么都看不见,却怎么得到这春天的第一朵花的?

他时时在嗅着这朵紫色的小花,他在笑了,分明在笑,那张极丑极丑的从来没有表情的脸上的难得的笑。那笑是深的,远的,隐藏着的;但是却不自禁地流出来的。

春天诞生了万物的光荣,它无所偏颇,它让那春天的第一朵花归属于可怜的盲者,更让那青春的喜悦也飞上了可怜人的面颊。

此时他当有着更为恬适的心情,摸索着,趑趄着,向着我来时的方向下山。满天的春色荟萃于盲者的一身,正有如东方初起的太阳,红透了半边天。

这一天我在山中闲逛,从天上,从地上,树枝上,溪流上,春天是无所不在的。宇宙时时刻刻在变幻,太阳从东到西在天空运行,一整天便静悄悄地过去了。

黄昏时候,伴着太阳一路下山。小路伸入到两山的峡口;迎面而起的,是恍在眼前,而又触之不及,望之不尽的白云;白云像是一层层、一团团放光的棉絮,又像冬日的阳光下待溶化的雪堆,那样澄澈,空灵,缥缈与神奇。

我又回到小城里了,小城仍旧那么平静与从容。穿过了大街，转进回家的小巷子；巷子空洞洞的，只有一只黄狗，从转角处跑过。

黄狗跑过，却有人跟着来，一个魁梧的身材，一个军官。左边，右边，两只手各牵着一个孩子。

我认识他，军官是我的邻居，他搬来不久，说是刚从前线下来的；他一家人住了三间房子，他的妻，一对四五岁的男女孩子。

他们住在我的隔壁，不声不响地过日子，从来听不见他们说话；就是小孩子哭闹时，大人也不大理会的。

这黄昏，军官牵着他的两个孩子，如往日一般，他仍旧那么整洁：戴着军帽，挂着斜皮带，打着绑腿的黄呢军装，几乎连一个褶子也不见地熨帖合身。那两个孩子穿得还是相当臃肿，看得出来他们的母亲并没有为他们减去冬天的衣装，怕她的孩子们冻着了。

他们该是无目的地闲荡罢？因为他们走得真是慢。孩子们是茫然地睁圆着小眼睛四处张望，军官懒懒地向前移步，看到他，就会觉得春天是多么困人了。

军官的面孔长得英俊而美丽，眉毛浓而且长，眼睛大大的，鼻子直的，口是方的，长脸盘，轮廓分明。然而口是闭着的，闭得紧紧的；眉毛略蹙；眼睛虽大而散漫无神。他仰着头，从他的眼光，我觉得他在向前看，但是顺着他的眼光，我却找不出他看的什么。

我也不知道他在想些什么，或许他心中有事，或许他什么也没有想？是户外的春天引诱他带着孩子出来闲逛吗？是啊，春光已经弥漫了天和地，并没有单独冷落了这个寂寥的小巷子；晚风里，城外传过来的夕阳画角，也在这儿往还地悠荡；

然而他牵着他的两个孩子,虽在看,看不见青天的白云;虽在听,听不见春风的呼唤,懒得连路都不愿走。

孩子们也就木头人样地艰于行动,我再回头看时,三个人竟然站住了。

是发觉了背后有人注意他?他缓缓地转过头来看了我一眼。

也许他看见了我,也许竟然没看见我;那散漫的眼光不容人发觉其中用意的,何况他马上又回过头去了。

他视而不见,听而不闻,尽管小城里已经春光摇曳,他可能并没有感觉春天的到来;他脸上没有表情的表情,那缓缓的一瞥里,告诉我他有的只是生活的厌倦。

正像冬天去了,春天会来;他当然不会同着孩子们永远停在那儿不走,但是我却不想再等下去,我回过身子走了。

我走回家,门前的一行青绿的竹林遥遥在望;太阳已经下了山,一团团的白云已经不见了,云,多变的,只剩了青青的天上的一弯,一直线,一点,云摆出了一个符号,一个"?"号。

是春天了,小城充溢了春色;这一天,我看见春光下纵是残废的人也有着光明;可是天也在发问呢,为什么健全的人却在春光里显着无比地黯淡!

三十二年春记江安

度春荒

◎孙犁

我的家乡,邻近一条大河,树木很少,经常旱涝不收。在我幼年时,每年春季,粮食很缺,普通人家都要吃野菜树叶。春天,最早出土的,是一种名叫老鸹锦的野菜,孩子们带着一把小刀,提着小篮,成群结队到野外去,寻觅剜取像铜钱大小的这种野菜的幼苗。

这种野菜,回家用开水一泼,拌上糠面蒸食,很有韧性。

与此同时出土的是苣苣菜,就是那种有很白嫩的根,带一点苦味的野菜。但是这种菜,不能当粮食吃。

以后,田野里的生机多了,野菜的品种,也就多了。有黄须菜,有扫帚苗,都可以吃。春天的麦苗,也可以救急,这是要到人家地里去偷来。

到树叶发芽,孩子们就脱光了脚,在手心吐些唾沫,上到树上去。榆叶和榆钱,是最好的菜。柳芽也很好。在大荒之年,我吃过杨花。就是大叶杨春天抽出的那种穗子一样的花。这种东西,是不得已而吃之,并且很费事,要用水浸好几遍,再上锅蒸,味道是很难闻的。

在春天,田野里跑着无数的孩子们,是为饥饿驱使,也为新的生机驱使,他们漫天漫野地跑着,巡视着,欢笑并打闹,追赶和竞争。

春风吹来,大地苏醒,河水解冻,万物孳生,土地是松软的,把孩子们的脚埋进去,他们仍然欢乐地跑着,并不感到跋涉。

清晨,还有露水,还有霜雪,小手冻得通红,但不久,太阳出来,就感到很暖和,男孩子们都脱去了上衣。

为衣食奔波,而不大感到愁苦的,只有童年。

我的童年,虽然也常有兵荒马乱,究竟还没有遇见大灾荒,像我后来从历史书上知道的那样。这一带地方,在历史上,特别是新旧《五代史》上记载,人民的遭遇是异常悲惨的。因为战争,因为异族的侵略,因为灾荒,一连很多年,在书本上写着:人相食;析骨而焚;易子而食。

战争是大灾荒、大瘟疫的根源。饥饿可以使人疯狂,可以使人死亡,可以使人恢复兽性。曾国藩的日记里,有一页记的是太平天国战争时,安徽一带的人肉价目表。我们的民族,经历了比噩梦还可怕的年月!

日本帝国主义的侵略,以战养战,三光政策,是很野蛮很残酷的。但是因为共产党记取历史经验,重视农业生产,村里虽然有那么多青年人出去抗日,每年粮食的收成,还是能得到保证。党在这一时期,在农村实行合理负担的政策。地主富农,占有大部分土地,虽然对这种政策,心里有些不满,他们还是积极经营的。抗日期间,我曾住在一家地主家里,他家的大儿子对我说:"你们在前方努力抗日,我们在后方努力碾米。"

在八年抗日战争中,我们成功地避免了"大兵之后,必有凶年"的可怕遭遇,保证了抗日战争的胜利。

1979年12月

岁交春

◎汪曾祺

今年春节大年初一立春,是"岁交春",这是很难得的。语云:"千年难逢龙华会,万年难逢岁交春"。一万年,当然是不需要的,但总是很少见。我今年七十二岁了,好像头一回赶上。岁交春,是很吉利的,这一年会风调雨顺,那敢情好。

中国过去对立春是很重视的。"春打六九头",到了六九,不会再有很冷的天,是真正的春天了。"农人告余以春及,将有事于西畴",是准备春耕的时候了。这是个充满希望的节气。

宋朝的时候,立春前一天,地方官要备泥牛,送入宫内,让宫人用柳条鞭打,谓之"鞭春"。"打春"之说,盖始于宋。

我的家乡则在立春日有穷人制泥牛送到各家,牛约五六寸至尺许大,涂了颜色。有的还有一个小泥人,是芒神,我的家乡不知道为什么叫他"奥芒子"。送到时,用唢呐吹短曲,供之神案上,可以得到一点赏钱,叫作"送春牛"。老年间的皇历上都印有"春牛图",注明牛是什么颜色,芒神着什么颜色的衣裳。这些颜色不知是根据什么规定的。送春牛仪式并不隆重,但我很愿意站在旁边看,而且有一种说不出来的感动。

北方人立春要吃萝卜,谓之"咬春",春而可咬,很有诗意。这天要吃生菜,多用新葱、青韭、蒜黄,叫作"五辛盘"。生菜是

卷饼吃的。陈元靓《岁时广记》引《唐四时宝镜》:"立春日,食芦菔、春饼、生菜,号'春盘'。"《北平风俗类征·岁时》:"是月如遇立春……富家食春饼。备酱熏及炉烧盐腌各肉,并各色炒菜,如菠菜、豆芽菜、干粉、鸡蛋等,而以面烙薄饼卷而食之,故又名薄饼。"

吃春饼不一定是北方人。据我所知,福建人也是爱吃的,办法和北京人也差不多。我在舒婷家就吃过。

就要立春了,而且是"岁交春",我颇有点兴奋,这好像有点孩子气,原因就是那天可以吃春饼。作打油诗一首,以志兴奋:

不觉七旬过二矣,何期幸遇岁交春。
鸡豚早办须兼味,生菜偏宜簇五辛。
薄禄何如饼在手,浮名得似酒盈樽?
寻常一饱增惭愧,待看沿河柳色新。

1992年1月15日

焯春

◎林斤澜

焯。《说文解字》上说："炊也。从火单声。"后来的辞书上有了发展，说："火花飞迸燃烧貌。"说："焱起貌也。"

"焯春"。从语文角度，从民俗角度都查不到这么件事。焯是古语，不知哪里的方言土语里还派着用场。只知三年前作家访问团疑为外语的温州话里，把篝火叫作"焯火盆儿"。凡点火取暖，都叫"焯焯暖"。火烟直上顶棚，那是"焯着"了。"焯春"，专是"春打六九头"的春节，除夕之夜，女人摆团圆饭，男人在院子里或在家门口，把干柴照井字架起来。到了不约而同的时刻，前后远近鞭炮为号，男女老少围观，点燃了干柴。火苗新起，后生家不免摞袍扎裤，纵身跳过火焰，一串欢笑。火光中，烛光中，鞭炮声笑声中，团圆饭"坐起坐起"。

这一堆火，为什么叫"焯春"？焯，"炊也"。是民以食为天，是对炊的敬重、颂扬、慰问、祭祀？焯，"火花飞迸燃烧貌"。是对冬日、旧日、逝者、衰者的燃烧，是对春日、新日、来者、盛者的"火花飞迸"？焯，"焱起貌"。是祝愿生活、生意、生机的生生不息？

抗日战争军兴，作家骆宾基"弯"到温州过了个年，看见了年三十家家门前门里的篝火。他生在离海参崴不远的北国边地，流亡到江南，然后又腹地海外地奔波。许多年以后，还记

得那火光映照的年夜,说,再也没有在别处见到这样的风俗。

有年,我算算将近五十年没有回家乡过个春节了,思念得"不由心",老家已经没有家,就是住店也要去住一住。这样的"不由心",是由了这样那样的风俗。

回去没有见到"燀春",据说也还有零散的守旧人家,但作为一方风俗的气势完全消失了。别的风俗也大多失落,或者只剩下零散,一零散,就变相变味。盛行的只是吃,亲戚朋友相互请吃,一天两"厨"酒水,排到十五,不够,延长到二十。吃得牙疼,舌破,人瘦了,疲劳仿佛车轮战。

有位学者前些年背着"通日本"的嫌疑,绝口不谈东洋,近年得到"日本通"的荣誉,大谈日本人不只是"工作狂",还是"过节狂"。节日多,风俗多,传统多,从仪式到服饰……有的明明来自汉文化,但中国失传了,现在是人家的传统。

我们的文化当然悠久,不过我们许多有关文化的风俗,已如珍稀动物。对珍稀动物禁止,只能是禁止捕杀,难道还有理由禁止生存?如果在现代生活里,确实会发生些副作用"公害",那也应当搬迁到保护区去。越是大城市,越容易灭亡,越应当设置保护区。

只剩下吃吃吃的地方,将坐吃山空,立吃地陷。就算物质上有救,精神上也没解。

屋里的春天

◎艾芜

玻璃窗上的冰花,已给太阳晒化了。但窗外的积雪,却还是厚厚地盖在地上,对面的屋顶,也是白皑皑的。冬天全没有离开大地的意思,好像要长久赖下去似的。可是屋子里却早来了春天,靠窗子放的一盆年景花,在透进双层玻璃的阳光里,开得很是鲜丽。坐着的十多个人,就有五六个是抽香烟的,不断地制造出阳春烟景的气氛。再加以孟泰,大声地讲话,要不要又忽然站起来,兴奋地比下手势,仿佛要把十几丈高的炼铁炉,也搬到屋里来一样。他那热烈的言语动作,简直使每个人的心,都热了起来。

这是在张明山的家里。张明山新从乡下搬来,又是春节后的第一个星期天,隔壁邻居的熟人,都来看望。张明山不大讲话,只是微笑着,请这个人吃瓜子,请那个人抽香烟。大家就开开他得奖来的收音机,望望壁上挂的北京名胜照片和国庆节毛主席请赴酒会的帖子。但等到孟泰一来,众人便围着孟泰,高兴地讲了起来。孟泰已经五十六岁了,他那壮健的身体,欢喜的脸色,以及很有神采的细小眼睛,给人带来一股蓬勃的朝气。张明山,这个创造反围盘的钳工,不大会闲扯,也不喜欢闲扯,就首先提议要孟泰讲他一生的经历和他工作的经验,刚一说出,大家都喊好,一面连忙各自找着凳子坐下。

孟泰坐在床上，我和著名的混凝土队长王进忠，坐在他的两边。对面靠壁坐着女特等劳动模范武玉兰、钢筋流水作业法创始人黄德茂、安全行车十万公里的杨庆福、创造自动推钢机的卢乃涛、发明记分评绩民主管理法的刘玉礼……张明山则坐在门口。

孟泰拿手拭一下他那浅发的光头，欢喜地笑着，却又带点为难的神情说：

"这叫我怎么讲呢？"

真的，这不容易。孟泰动人的事迹实在太多了。

鞍山钢铁公司的炼铁厂，最初修复高炉的时候，首先器材缺乏，有些东西就是出钱，也买不到手，厂长简直感到束手无策。孟泰便请厂长去看一间屋子，开门一看，厂长大为吃惊，先前接收工厂的时候，屋子里还是空无所有，现在却堆得满满的，凡修高炉的器材，应有尽有。原来孟泰早就在发动工人，到处从废铁堆里寻找出不少有用的东西。以后这间屋子，就成为有名的"孟泰仓库"。

平常孟泰非常关心工厂，简直就像对待爱人一样，当他生病的时候，在鞍山职工休养所休养，每天都要从窗子上望望炼铁厂的烟囱，看冒烟是不是正常，有没有发生事故。有一年冬天，初次下雪，恰好是在半夜时候，他醒了，听见玻璃窗上沙沙发响，爬起来一看，对面屋顶、窗外地上，全都白啦。他立即披起衣裳，打开房门，就朝外跑，一口气跑三四里，到了厂里，马上爬上高炉，到处察看。他是配管工人，晓得高炉上的水管一不流通，就会冻结，影响生产。结果看见水管没有发生毛病，他这才放心回去。

一九五〇年，中国人民志愿军越过鸭绿江抗美援朝，鞍山

曾有过疏散家属的准备,有些人怕敌机飞来轰炸,惶惶不安。孟泰便卷起被盖,搬到高炉下边去住,并发下誓语:

"有高炉在,就有我孟泰在!"

他决心与高炉共存亡。放警报时候,大家都躲进防空洞,他却拿根铁棍,站在高炉侧边挺身守卫,生怕有坏分子乘机破坏。

平常厂里,要是发生事故,他总是一马当先,赶去抢救。煤气曾经熏倒过他,但被救醒了,他又立刻冲上去,一直到修好以后才走开。凡是在危险的时候,他从没有想到他的生命,考虑到他的安全。这种英雄气概感动了好多人,见面都不叫他的姓名,只是喊他老英雄。

小型厂的特等劳动模范卢乃涛,平常好研究技术,学习精神非常旺盛。他看见孟泰现出不知从哪里讲起的为难脸色,便敦促地说:

"老英雄,你随便讲讲好了。只要你讲,哪点不值得我们学习!"

"早讲完了,还有哪一点你们不知道?"

孟泰笑了,还在推辞。

"哪里就讲完了,一定还有好些不知道的。"

大家都催促起来。

孟泰望下屋里的人,高兴地说:

"咱们都是劳动模范,吓,做了劳动模范,可得更要加劲干呵!人家都眼睁睁瞅着你的,你一丁点儿都马虎不得。有一次,我在修理场里,忽然有人跑来告诉我,说我头天修好的汽管,现在又坏了。我登时眼睛一黑,难过得话都说不出来,心想:'刚修好,又一下子坏了,拿啥脸去见人?再修理,又得耽

误高炉的生产,给国家多大的损失。'我脚都软了,简直走不动路。等会儿,才抓根铁棍子,当成手杖拄了去。"

说到这里的时候,孟泰站了起来,在屋子里走着,做出扶棍在走的样子,一面向大家看了一下,反问似的说:

"这是自己的工作,躲得开吗?高炉侧边站了许多人,都在对着管子瞧。只听见有的说:'还是劳动模范嘞,干出这样的活。''人家都高升上去了,哪还认真来干这个活。'我真羞得难受,恨不得足底下有个洞,钻了进去……我不能让人家走开了才去修理,生产是一刻儿都耽误不得的。"

说着他就蹲了下去,并侧起身子,伸出右手。

"我就这样子,从人家足杆缝里,悄悄去摸,一摸,哈!我就有底了。"

他一下站了起来,向后一退,大喊一声:

"让开!"

同时两只手腕用力地向后一掀,左手差点碰着我的头。

"拿纱布来。"他又叫了一声,接着低声说下去,"人家告诉我,没有纱布,还得到仓库去领。这怎么等得。我登时就把身上穿的衬衣脱了,马上拿去拭管子。有些在夹缝里,不好拭,需要小片的纱布,我就把衬衣撕破,撕成小片小片的拿去拭。你们晓得管子挨着地面,受了潮湿,粘了许多水珠子,一拭就拭干了。"

接着他就举起手,向在座的人,露出非常严肃的脸色,指点地说:

"来看看!"

好像我们就站在管子面前似的。他随即一下又笑了。

"他们看了,工程师看了,修理场的场长也看了,别的人还用手去摸摸。我就问:'到底坏了没有?'他们都说:'是好的,没有坏。'我就一句话也不讲,向管子磕一个头,就走了。"

这惹得大家哄笑起来。孟泰坐回床边上,张明山赶快给倒杯茶。他一口气,喝完一杯茶,才又微笑地说:

"我这个态度是不对的。以前那两年,火气也实在大。老实想一想,一个劳动模范,你的工作是应该格外做得好,大伙儿有权利要求你这样做。他们要在鸡蛋里挑出骨头来,就因为你是劳动模范。这不坏嘞,这只会使你把工作做得更好。"

黄德茂是个钢筋工人,在基本建设的工程中,有着极有价值的创造,曾在一些大学的建筑系做过报告。他忍不住地问:

"老英雄,现在你怎么同群众搞得那样好,没有一个人不称赞你?"

孟泰又站起来了,把茶杯放在桌上,一面严肃地说:

"我当然要常常批评我自己,改掉我的脾气。还有一点,我这个人不论谁,只要他肯干活,我就喜欢他。不管他当面嘲笑过我,背后乱骂过我,我都不记在心上。他有啥困难,我袖子一卷,帮他两手。他做对了,我就欢喜得像自己做的一样。"

他顺手拍了一下王进忠的肩膀,一脸欢笑地说:

"我就这样称赞他:'小伙子,你真干得好。'他脸上流汗,我就拿帕子给他拭。"

接着又走在屋子中间,一下子板起面孔严肃地说:

"要是谁干起活来,马马虎虎的,尽管他对我怎样好,我也不买他的账。"

他猛烈地挥下手:

"我就恨偷懒、干面子活的。"

随又笑起来:

"我在厂里,就挺快乐,走在哪里,哪里就有人争着把成绩告诉我:老英雄,今天又多出了多少铁,又多干了多少活。他们那种快活劲儿,真叫人欢喜。我喜欢他们,他们也喜欢我。"

孟泰把两个拳头叠在一起:

"只要咱们能够这样团结,啥工作都会做好。"

孟泰越讲越兴奋,他的二女儿小兰,踏着地上的积雪,跑来窗子面前,露出冻红的小脸,用手敲着玻璃,连喊他两次回去吃饭,他都摇摇手,不肯回去。他的家就在屋子前面,红砖新砌的楼房,顶着一头的白雪,房檐上挂着无数的冰条。

卢乃涛听见孟泰为了一些机械设备的改进创造,不怕某些人的反对,坚持下去,竟然达到成功,便感叹地说:

"老英雄,我就是缺乏你那种斗争精神。这给国家造成多大的损失!我提议要加热炉用炼焦瓦斯,遇见一个工程师说不行,我就拉倒算了。明知我提得对,我也不坚持下去。拖了好久,才实行我那个建议,这损失真是不小。"

孟泰坐在床边上休息,连忙举起手,制止地说:

"有些地方,可不要向我学哪。先前我也不大对嘞,有好几次,我都是做了才告诉领导。这是不对的。要知道,咱们有了领导,才能搞得顺利,成功得快。"

小兰冻红的小脸,第三次出现在玻璃窗前的时候,大家才催孟泰回去。孟泰走后,卢乃涛还露出舍不得的脸色,情不自禁地说:

"咱们以后要常常这样聚会才好。"

刘玉礼一直没有讲话的,这时露出深为感动的神色说:

"最好能够记下来。"

武玉兰在她清秀的脸上,闪了闪明亮的眼睛,说:

"下次我来记。这太好了,应该大家都讲讲。"

她是个最爱学习的姑娘,每天从电修厂下班回家,吃了晚饭,还要到夜校去学习,有时厂里开会,下班迟了,便饭也不吃,就赶去上课。孟泰这次的谈话,使她深深感动,脸都兴奋得发红。

张明山把大家送出大门,热忱地说:

"下个星期天,还是照这个时候来呵。我要叫女人多烧点茶水。"

门外的积雪,踏出了许多的足印。一条雪上的小路,已经变成一层高低不平有些脏污的冰了。个个人都戴上皮护耳帽,颈上缠起围巾,面对寒冷的侵袭,但心里却是热热的,还留着屋里春天的温暖。

迟来的春天

◎黄秋耘

在北京,今年的春天好像特别姗姗来迟。四月间,北风有时还挟着一星半点的雪糁儿直扑在人们的脸上,使人打个寒噤。五月,本来是"开到荼蘼花事了"的季节了,中山公园里的牡丹还是含苞待放,马路两旁的马缨花和槐花也迟迟不见露面。大街上的景物冷漠得和残冬不相上下。有时候,西北风还掀起一阵阵黄沙,遮天蔽日,不知道要刮到牛年马月才能停下来。

五月十二日下午,没有刮风,总算是有点风和日暖的春天气息了。我忽然想到,应该去北京医院探望一位老战友,好些日子以前,我就听到他病危住院的消息,六十多岁的重病号,好像风前残烛,再不去看他,就可能失去这最后一面的机会了。

承蒙东道主的关切,他们特别派了一辆小轿车送我去医院,可能是顾虑我这个老头子在过度激动和悲伤的情况下会发生什么意外的事情吧!

坐着小轿车进医院,照例是不需要出示证件的,可是探访的过程并不顺利,我一来到住院处就被"挡驾"了。值班的女医生一再向我解释,病人患的是心肌梗塞并发尿毒症,神智虽然还清醒,但实际上已经到了弥留阶段,只能依靠输氧和滴注葡萄糖液来勉强维持生命了。一点点感情上的刺激和不愉快的事情都可能使他休克过去甚至长眠不醒。她极力劝阻我去探望他,说从医学的角度上来看,这样的探望是有害的,甚至是危险的。我恳切地表白我的心情,我说,不见这一面或许就永远再也见不到他了。医院规定只有星期一、四、六、日下午才能探病,探望重病号还得经过医生特别批准。他能不能挨到星期四下午呢？再说,星期四我又不一定有时间,万一有重要的会议和传达,那是不允许请假的。我和病人是四十多年的老战友了,当年他担任一个战地服务团的团长,我是副团长,我们并肩作战了一年多,后来又几度共事,我恳求医生通情达理一些,特别准许我见他一面。

那位女医生考虑了一下,轻轻地笑了一笑,嘱咐我道："哦,原来是这样。好吧！我让你看他半个小时。老同志,记着,请您不要对他谈到任何使他激动的事情,特别是'文化大革命'期间那些悲惨的往事。要不,出了事,我要负责,您也要负责！"

进了病房,看到他虚弱地躺在病床上,努力抬起头,向我凝视了一会,从他发白的嘴唇里吐出一句话：

"哦,你是洛思吧？听说你这几年都在北京,为什么不早一点来看我呢？"

我带着负疚的神色答道："唉,你知道,我很忙。再说,你们那个单位门禁森严,不好随便去拜访呢！"

他对自己这些年的处境也深有体会,不想再为难我了,大概看到我的脸色很忧郁,反而故意说几句俏皮话给我开玩笑："洛思,这几年虽说没有见过面,但是我在报纸刊物上常常读到你的文章。你这个人啊,改变得很少,恐怕你的禀赋是与生

俱来而又很难改造的。你带过兵,打过仗,干过地下工作,可不知怎的,你总是有那么一股酸溜溜的味儿,用你们的行话来说,就是所谓'淡淡的哀愁'吧。你是一个诗人和军人的混合体,是个怪物。哦,你还写诗吗?我记得,当年你写了不少悱恻缠绵的情诗送给洪焰,你们还有联系吗?还写诗来互相赠答吗?"

他所说的洪焰,是我在二十岁初恋时的一个女朋友,对于他开这样的玩笑,我并不反感,只是心里感到一种莫名其妙的惆怅。我想,在一个临终的老战友面前,我不能也不应当说假话:

"唉,天各一方,很久没有见面了。不过,偶然也通通信,一年里有那么两三回。"

"你们都是怪人。本来你们有共同的爱好,共同的兴趣,共同的信念,又爱得那么深、那么痛苦……是好好的一对儿。为什么要无缘无故地克制自己的感情,割弃自己的幸福呢?况且,对于你们的结合,无论是组织,还是你们的家庭,都并不反对。"

"老刘,生活中有些事情是很难理解的,其实,我们的性格并不那么一致。她是外向的,我是内向的。她喜欢演戏、唱歌、跳舞、音乐……我虽然并不讨厌这些,但,除了音乐,别的我都不大感兴趣。我们结束恋爱关系,还是她首先提出来的,但凭我的第六感觉,也隐隐约约预感到,我们的结合是不会幸福的,还是做真正的好朋友,做异姓的兄妹更好一些。像现在这样,人家都男婚女嫁,她甚至已经抱孙子了,不是也很好吗?"

"可惜你们当时都没有考虑到,最好的和谐有时往往会产生于相异者之间。"

病榻前还站着三个年青的女同志：一个是老刘的女儿，一个是老刘所在单位派来的人事干部，一个是女护士。她们听了两个老头子这番谈话，都捂着嘴笑了。

我不想让这样的谈话继续下去了。半个小时的时间是非常宝贵的，我们应当谈一些更重要的问题。

"老刘，你的问题怎么样啦？究竟算是解决了没有？"我早就知道，他在五十年代因为说错了几句话，给开除了党籍，行政上降了三级。组织上考虑到他曾经为党做过一些有益的工作，担任过东南亚某一个地区侨党的负责人，所以特别从宽处理，没有给他戴上任何帽子，仍然在原单位"留用"，做一些文字翻译工作。

我真傻啊！我完全忘记了女大夫的劝告，不该有此一问。真是树怕剥皮，人怕伤心，眨眼之间，他的眼泪就沿着腮帮子扑簌簌地流下来。他颤巍巍地伸出两只枯瘦的胳膊，我迎上前去，紧紧地拥抱着他。他把湿漉漉的脸紧贴着我的脸，我的泪水也喷涌而出，和他的泪水汇合在一起了。

站在旁边的那位女护士显得很不高兴的样子，她很严厉地训斥我这个年纪几乎比她大三倍的男人："老同志，你进来的时候，大夫早就劝告过你，不要说那些使病人激动的话，可是你刚才说了些什么，干了些什么？你可不要忘记，我们都替你担了风险啊！"

还是那位懂得点人情世故的人事干部给我解了围："没事！没事！上星期六，我们部里党委会议正式通过，给老刘的问题全部改正，全部平反，恢复党籍，恢复原来的级别，至于工作嘛，等到他恢复健康以后再重新分配。他的老伴昨天就知

道了,我今天就是代表组织来向老刘报喜的。他的老伴患流行性感冒,正发着高烧,我们不敢让她出来。"

病人的脸上微微露出了一丝笑意,他虽然还没有看到正式书面结论,但总相信人事干部是代表组织来的,不会说假话来哄他欢喜。他自己也心中有数,离开"灰飞烟灭"的日子已经屈指可数了,只要能够恢复党籍,就心满意足。至于什么级别啊,工作啊,职务啊,对于一个行将就木的人来说,已经没有什么现实意义了。

可是,老刘的女儿还是一个劲儿用手绢擦着眼泪,她一时凄然无语。这时老刘正要小便,她端着尿盆给他接尿。患尿毒症的人撒尿是很痛苦的,几乎等于受刑,黄豆般大的汗珠从他的额角滚滚而落。她一边给自己擦眼泪,一边给父亲擦汗。

突然,病房的窗户给一股风吹开,吹进来的确实是一阵春风,还送来一丝半点丁香花的香味。老刘无限感慨地说:"春天毕竟来了!"

我正想对他们父女俩说几句安慰式的"多余的话",可是那位"执法如山"的女医生进来了,她悄悄地凑近我耳边说:"好了,半个小时早已过去了,你们足足谈了三十五分钟。还好,没有出什么问题。"

我和老刘再一次紧紧地拥抱,这一次,他脸上再没有湿漉漉的泪水了,他的胡须茬子扎得我很痛,大概至少有一个星期没有刮过脸了。我紧握着他的双手,向他表示祝贺。他的声音已经喑哑了,但仍然说得很清楚,一字一句我都听得很分明:

"记着,不管是迟是早,春天总会到来的。重要的是,你千万不要失去信心!"

三天以后,也就是在星期四上午上班不久以后,老刘的女儿给我来了一个电话,哽咽着告诉我,她的父亲已经在当天早上去世了。

我急急忙忙地打开了办公室的窗子,大口大口地吸着带花香的空气。天气是那么美好,遥望故宫和景山,已经是"满城春色宫墙柳"了。春天终于来了,那时已经是一九八〇年的五月中旬。

八〇年一年将尽之夜

把窗子开向春天

◎罗大冈

这些日子,窗外行人哼着的曲调跟平时颇有些不同。听起来,声音渐渐趋向柔和、轻快,并且带一点兴奋。柔和轻快的调子,一天比一天显著,压倒呼呼的风声。

有不少人,我也是其中之一,成天成月坐在小小的工作室里,不是摸摸书本,就是抓抓笔杆。按照终日坐着不动的劳动方式看来,这路人很类似鞋匠或缝工。瞧他们从清早到晚上,埋头在窗前,这边缝缝,那边补补,忙个不停。

说实在的,我个人十分钦佩和羡慕鞋匠和缝工。他们的劳动效益是多么具体、实际而且直接。为了把我们祖国建设成真正繁荣富强的社会主义伟大国家,多少人,在各自的岗位上,摩顶放踵地劳动着、战斗着;多少人栉风沐雨;多少人奔波在崎岖的道路上。而这些人身上穿的,脚上蹬的,哪一桩能不借重缝工或鞋匠的劳力?可是像我这样的人,虽然也腰驼背曲,坐在窗前,一天忙到晚,但工作的成果,对于那些为建设社会主义而辛勤劳动着的人,能像缝工和鞋匠的劳动产品那样,满足大多数人最迫切、最实际的需要吗?这个问题,常使我心中困惑。这就是我的窗下伏案生涯的心情之一种,因此提到窗子,就不能不联想起来。

应当老实招供:我手在忙,眼睛在忙,思想在忙,而我的注意力,却常常抵抗不住窗子的吸引。尽管我没有工夫常到窗口去眺望,我的心,却好比童话中小王子的那只珍爱的鸟笼,经常挂在窗口。

窗子,对于我们这些生活和劳动在斗室中的人,确实有十分重要的作用。它不但给我们带来光线和空气,尤其是使我们和外间的广大天地打成一片,息息相通。常言道:"眼睛是灵魂的窗子。"能不能说"窗子是灵魂的眼睛"?不但是眼睛而且也是耳朵。通过窗口,传来胡同中行人的脚步声、谈笑声和歌声。这些声音并不搅扰我们,反而成了我们在寂静中不可缺少的同伴。每到中午和傍晚,尤其是傍晚,受过了这种长期训练的听觉,不由自主地在期待窗外行人的声音。早晨情况稍微不同。那时,以比较急促的脚步声和自行车的轮声、铃声算为主调。歌声、语声比较少。这是因为大伙忙着赶去上班,惦记着在新的一天里将要开始的工作。中午和傍晚,下班归来的行人,既经完成了自己的活计,心情舒畅,有说有笑,随便哼着不成曲调的曲调,这也是十分自然的事。

记得前些年,曾经有过一个时期,胡同口外的十字街头,好心肠的人们在电灯杆上装了几只强有力的"电喇叭",整天哇啦哇啦地播送激昂慷慨的歌曲,没有疑问,在街上广播音乐和歌曲,足以造成一种喜洋洋的节日气氛。然而也带来了一些不方便。且不说街上行人和附近居民受到音乐不停地震荡,神经不易消除紧张,即便街上车辆往来,喇叭声和铃声,有时很可能听不清,至于交通民警指挥交通的喊话,更不知有多少费劲。这种经常性的街头音乐广播,后来取消了。于是,窗外胡同小道上的歌声、笑语声、脚步声,每逢下班的时分,像欢乐的小溪流一般,淙淙潺潺,听起来更清楚,更亲切,更令人愉

把窗子开向春天

179

快。这些平凡而琐屑的声音，难道不是我们新社会里最自然、最朴素、最动人的一种街头音乐、生活音乐吗？

　　惯于谛听窗外行人动静的耳朵，久而久之，学会了从歌声和笑语中，辨别大千世界的种种变化，诸如天际风云，社会大事，季节更迭，日色阴晴，以至里巷居户的家常生活，街上蔬菜副食的供应情况，等等。这些日子，窗外人声里似乎洋溢着上文提到的和畅之感，压倒天边呼呼的风声。这使得窗里的人，忍不住推窗眺望：原来是春天到了。远处的杨柳梢头，已经泛起一层近乎淡黄的嫩绿，邻人小院里，一树疏淡的李花，好比一位刚从学校毕业，新来参加工作的姑娘，见了面生的同事，不免稍含羞涩然而毫不畏葸地微微一笑。

　　在古代的诗词中，常把春天比作娇艳的美人。其实不然。你听，天边这怒吼的狂风。这就是我们这儿的春天在高唱豪迈的进行曲。她在和严冬的余威作无情的斗争。她从严冬手里，一寸寸地夺取战场，占领大地，把胜利的彩幡逐一插在桃李枝上，杨柳梢头。我们这儿的春天，是不平凡的春天。她矫健、泼辣、坚强、壮丽。她常常在和飞沙走石的狂风搏斗中，回过头来，对我们嫣然一笑。面对敌人，她向来不缺少钢铁般的战斗意志；而她抱着满怀温爱和热情，面对人民。我们这儿的春天，象征这儿人民的灵魂。他们必须和寒流和狂风作坚决的斗争，才能保卫春天，使她从容地在我们的土地上织出层层的锦纹。

　　在我们伟大国家广阔无边的土地上，春天以不同的时日、不同的面目出现。生长在"小楼一夜听春雨，深巷明朝卖杏花"的温柔明媚的春光中的江南人，乍到北国，对于这儿的横枪跃马、高歌呐喊的战斗的春天，或许不大习惯。我亲身有过这种体验。可是,人们不难明白,真正的春天,应当是奋勇斗争的季节。没有春天的激战,哪里有夏日的繁荣和秋季的丰收?不经过艰苦的斗争,就没有真正的幸福。如果说我毫不怀念江南,那倒也不合乎事实。只是怀念江南,并不妨碍我怀着深深的敬意,热爱北国之春。

阵阵狂风,吹得我们心头燃起烈火,仿佛听到我们这儿的春天,向着全国各处的建设岗位和战斗岗位,在吹动雄壮的进军号角;一年之计在于春,一场新的战斗开始了。即便是最平凡的、点点滴滴的日常工作,如果要用战斗的姿态去完成,也必须心头燃起这样的烈火。不顾塞外的寒流和戈壁尘沙,我们还是要敞开窗子,让浩荡的春风吹入胸怀。

1963年4月

桐子花开的时候

◎陆棨

清明节一过,大巴山里的桐子树就开花了。

记不得是哪年,听一位老农说过,桐子花命最苦。三月艳阳天,正是百花争春斗妍、招蜂引蝶的季节,它一开放,却总是催来一场场冷风急雨,一树树刚开的花朵,转眼就落满田野,飘满溪河;枝上,只留下片片稀疏的桐叶,在风雨里摇着手掌,恋恋不舍地向桐花告别……

可是,桐花并不因开得短暂而失去它的美丽。在平坝上,零星的一树树繁花密朵,像团团乳白的云雾,飘浮在连片的冬水田亮晶晶的水光里;在山坡上,桐树成了林,那就更漂亮了:有的给初绿的山腰缠一条云带,有的给将翻的坡土挂一片雾纱。我想,要是能登上巴山最高峰,望遍这两千里桐花云雾,该是多么壮观呵!

正是在桐花已经盛开、风雨即将到来的一个下午,我向依山靠水的顺河公社走去,由于欣赏这一路桐花,走拢公社办公室,从小楼的一扇窗户里,已经射出了灯光。

熟门熟路,我径直登楼,还在楼梯上,就听见公社的会计小刘正在大声武气地讲电话,一嘴的外路口音,偏偏又爱用些本地土语,把话弄得来倒通不通的:

"喂喂!伙计,灼(看)到没有,桐子树都开花了!良种准备得咋块(怎么)了？缺肥的事咋载(怎么办)？"接着停下来，嗯嗯地听对方讲话。我还没有推门，他又大声叫起来：

"什么什么？积了两万斤草灰肥？喂，莫浮夸哟！过了秤没有？……喂呀，我的天哥儿，硬是真的！是是是，晓得给你们汇报，莫尽在那里耗子爬秤钩——自称了。"

我推门进去，他一见我，喜叫道：

"稀客！稀客！嘿，你硬是像年三十晚上洗了脚的，赶得正是时候！"

"是不是又出了好材料了？"我问。

"你就默倒材料！不，这回是……等一会再告诉你！"他卖关子似的停住了，顺手把算盘推给我，嘻嘻笑道，"先帮我打几个百分比吧！"

把所要的数字算出来，他向区里摇通电话，把春播准备情况汇报完了，才告诉我：翻年以来，公社几个干部约好要找个时间痛痛快快地耍一天，可是上上下下，你空我不空地总是聚不齐，一直拖到桐子树开花，还是没耍成。桐花应农时，等桐花把风雨催来，紧张的春播就开始了，更没空了。大家才降格以求，把耍一天改成耍一夜，就在今晚十一点，要举办一次野餐。

"野餐，半夜三更怎么野餐？"

"嘿嘿，你们城里人当然猜不到哟，等下就明白了。"

虽然我知道他两年前还是省城里一个中学生，住了半年省里办的人民公社干部训练班，自愿分配到大巴山里来的，可是他这种以乡下人自居的口气，令人感到在可笑之中，更多的是可爱，竟使我无心去揭他的底了。我一边欣赏着满墙经他手制的各种五花八门的图表，等他收拾好一大叠用拉丁字母

和阿拉伯字编上号的文件账册,才一同走出公社大门。

一弯蒙蒙的蛾眉月,已经在开始布云的天空往西山滑去。水光衬着山影,在迷蒙的月色里显得浑然一气。夜静极了,只有一两只报雨的鸟雀,敏感到雨前空气里气压变化的征兆,紧一声,慢一声地叫着:"干柴……水汲汲,干柴水汲汲……"

没有上山,没有进林,一出大门,他高一脚低一脚地引我向河边走下去。我正在想,要下雨了,河滩上怎么安锅搭灶呢?只听小刘一声喊叫,忽然从河弯处咿咿呀呀地摇出一只带篷的小船儿来。船头上吊着一盏马灯,照着齐备的锅碗瓢盘,炉火生得正旺哩!炉前走动着一个人影,我问小刘:"是老万吧?"

"除了她还有谁!老万,客来了!"

"呵哟,是你呀!快请上船来……"

"来领教你的手艺来了!"小刘边说边往船上跳,差点把锅荡翻他也不管,伸手就揭锅盖:"先请客喝碗鱼汤!——咦,鱼呢?"

"鱼还在河里!"老万笑骂道:"打鱼的还没有回来哩,看你慌得这个样儿,小心等会儿鱼刺卡喉咙!"

老万是顺河公社党委副书记,是从农会小组长起,一步一梯登上来的老干部。她在减租退押中,翻山进林地追地主、找浮财的时候,小刘还不知在省城的哪条街上横起揩鼻涕哩!可是这公社里最老最新两个干部的关系,却是出奇地和谐,小刘一来就把大家对她的尊称万大姐改成了老万,说这样更够干部味道些。去年我在这公社住了个把月,就有好几晚上看见老万一边给小刘补衣服,一边吃力地背诵小刘教她的归除口诀:三一三十一,七一下加三……

听说,老万今天为了解决妇女劳动力在春播当中的同工同酬问题,把一个总爱压低妇女工分的生产队长批评得面红耳赤,连声认错,临走时还半开玩笑地吩咐那队长的爱人:你三天不给他煮饭,让他自己来烧锅切菜,他就晓得妇女轻视不得了。可是,她现在却连锅边都不许我们摸一下,一面在切菜蔬、拌作料,一边问我省城里的情况,说她上个月去开劳模会时,看那边旱得很厉害的,顺便又说起那次还去找了小刘的哥哥……

"去告我的状!"小刘插嘴说道。

"告不得么?"

"告得,告得,我自己请你去告的嘛!"接着小刘带笑地说:"也没有啥子该敲沙罐的罪,就是想回去,拿给去年子几十天不下雨的春旱吓倒了……"

老万摇头,嗯了一声,笑着补充道:"还有呢?自己算错了账,又受不起批评,闹情绪要走……"

小刘有点脸红,抢着说道:"哎呀,你不晓得熊社长那一副老民兵队长的声气,批评起人来,又喊又叫,口口声声说我白吃了社员的饭,喊得隔五里路都听得见呵!——嘿嘿,哪晓得我一闹情绪倒把他吓倒了,三天两头地不是给我打只野鸡,就是弄几斤鲜鱼……"

"那还不是因为你一边翘起嘴巴板起脸,一边又拼命地画图表,给账簿分类编号。"老万插嘴道,"要是光闹情绪不干事,莫说野鸡鲜鱼啰,恐怕只能再给你吃些大蒜老姜,让你辣到住!"

这时,上流头有人在喊小刘,声音又粗又响,随着一点渔火顺水飘来,这正是去打鱼的熊社长回来了。近了一看,真不

相信那二尺宽、丈把长的打鱼船能载得起这铁塔般的汉子。等他跳下船来,哟,原来还有个被他遮住的小个子老吴,坐在渔网上哩!

活鱼倒在船板上,泼剌剌地跳。老万有先见之明,见大家要抢着破鱼,早从腰里掏出一副扑克牌来,立刻把我们四个人引进船舱,好让她一个人烧锅切菜,这大概是因为我们不像那个生产队长那样轻视妇女,所以不必受那亲自煮来吃的惩罚吧!

争了五盘上游,熊社长就一连当了四盘"下游",他一边拿出"大鬼"来向当"上游"的小刘"进贡",一边就逗起他来:

"小刘,只等这场桐花雨一落下来,我要跟社员们进大老林哟!就是白云寨那边,当年李先念副总理亲自指挥红军打过仗的地方,你想不想去吗?"

"你莫了不起,王书记早就答应过我,有机会让我进老林去锻炼锻炼,叫我请老吴帮我代守半把个月的电话,行不行吗,老吴?"

不爱说话而眼明心快的老吴,一把抓住正在洗牌的小刘的手,把他藏在手里准备放在牌面上自己好拿的一张"小二"抢下来,似真非真地说:"像你这样狡猾么,我不干!"

熊社长借此机会,故意气小刘似的,向我说道:

"你看过在老林里砍火地没有?那才安逸咧!把那些乱草杂木砍倒晒干,然后点它一把火,嗨呀,一烧就是几天几夜,惊得那些山羊黄麂、野鸡野兔到处乱扑乱窜,不用火枪,拣块石头都打得着哟!"

见小刘听得眼睛都不眨了,熊社长又说:

"不过砍火地可是费力,要不的话,祖宗百代,早就把这些浅草荒坡开完了。实在是这几年年年天干,天老爷把社员惹冒了火:好嘛,你秧田缺水,我就多开旱地,看看哪个凶!这才一个冬天磨刀擦枪地作准备要进山去安营扎寨。说起撒脱,做起可不简单呵!又要砍,又要挖,还得自己搭窝棚,不是长得有寸把厚老茧的手的道地山里人,拿不下来呵⋯⋯"

老熊到此瞟了小刘一眼,小刘也不理他的话,假装对我说道:

"这回你来,大家请你吃鱼,下回来,我请你吃嫩南瓜,你看,对面黑森森那个乱石坡,今年全都开出来了。"接着,装着警告他们两人的样子,其实另有目的地说:"喂,开荒算是我一个人包来开完了,过一阵你们不来淋粪就没有瓜吃呵!"

这时,老吴轻轻地向熊社长杵了杵耳朵,说:"看吧,要伸手了!"我没有留意,还在吃惊地问小刘:

"那一坡乱石怕不好开哟!真是你一个人开的?"

小刘刚说了半句:"你看⋯⋯"熊社长和老吴早就约好似的,刷的一声把自己的手伸了出来,一边哈哈大笑,使得小刘把要伸给我看的手伸了一半就脸红地缩了回去,捏起拳头往老熊身上打,可是我已经瞧见,那满手的老茧确实不薄了。

老万在舱外叫起来:"轻点,鱼汤要泼了⋯⋯"

鱼汤的香味已经弥漫在船舱里。没有风,它和坡上桐花的淡香,水边苇草的清香混在一起,久久不散,引得大家牌都不想打了,话也不想说了。只听得水里有一群小梭子鱼贪吃地啄着船板,发出嗒嗒的声音,难道它们也是想来喝鱼汤的吗?大家不约而同地盼望起王书记来了。望着岸上通向几个大队的不同的垭口,猜王书记的那点灯火会从哪方出现。小刘还提出谁猜对了,谁多吃一份鱼哩!熊社长猜他是去二大

队,二大队的社员要进老林,他昨天还叫公社医院派一个护士跟去,也许就是去办这事吧。小刘反对,说派护士何必要他自己跟去呢,一定是去三大队,去写那积了两万斤草灰肥的稿子去了。老万又不同意,猜说一定是去六大队,那里有几户社员,自留地被野猪糟践了,春播一来,生活上怕有困难。老吴一个人闷想了半天,说要是去这几个大队,早就该回来了,说不定又是去沿山公社帮忙去了,那边去冬垮了几个山堰,冬水田又漏水,怕春播赶不上进度。

小刘听到这里,连忙声明,放弃自己的猜法,同意老吴的。大家笑着不让他改。他又声明,不吃那份奖励鱼都可以,一定要猜王书记到沿山公社去了,当党委书记的人,没有点共产主义风格还行吗?

可是正当大家争得不可开交的时候,偏偏从身后的河对岸响起了王书记的声音:"把船撑过来哟!"

大家都出乎意料,一齐喊了一声:"咦,原来是回家去了哟!"小刘还失望地叹了口气哩!这又把大家引笑了,可我却又像刚才他自称"乡下人"时那样,更多的是感动。我知道,因为王书记是个一九五二年毕业的中学生,小刘一来公社,除了对王书记的爱人是个农村姑娘这一点还略有保留外,真是像照本描花样地学着他的一举一动、一言一行,甚至连自己的衬衫都央求老万给他改成王书记穿的那种中式对襟汗褂。这时候,他为王书记叹这一口气,也正是对自己要求严格的表现呵!

熊社长使出他的全身本事,在乌云已经密布的暗夜里,借着船头的一点微光,向着河心乱石纵横的滩头撑去。水声哗哗地响着,他两篙杆一撑,船儿穿过石缝,蹿到对岸,连锅里的鱼汤都没有荡出一点来。

身穿一套刚换的,用米汤浆过的衣裳,王书记登上船来,跟我打了招呼,神情是少有的兴奋喜悦。他揭开锅盖,吸了吸鼻子,夸道:"老万,你硬是好手艺呵!"

小刘气还没有消,噘着嘴说道:"大家猜了半天,以为你去沿山公社帮忙去了,哪晓得才是……唉!"

熊社长也笑道:"唉!你那口子咋不把你扣下来,这么香的鱼汤,也好让我们一个人多吃几口嘛!"

"多吃几口,只怕要少吃几口吧!"王书记说着,从背来的小背篼里端出一大钵切好了的鸡肉来,下面又是一大把葱子蒜苗。又说:"我从沿山公社赶回去,人家一听我们要野餐,不但没有扣我,还杀鸡扯菜地忙了一晚黑哩!"

小刘不由得大喊一声:"万岁!"

熊社长对小刘说:"这是集体主义精神嘛!要是老王像你想的那样,找个洋学生,这时候一定被拉到哪匹梁子上去看星星呀,看月亮,闹个人主义去啰!小刘,还是找个农村姑娘在大巴山里安家吧!"

王书记也笑着说:"老万,帮他介绍一个嘛!"

"我才不要咧!"

老吴又发言了:"小刘,三大队寨子坪那个女记工员……"

唉!要不是这时天上突然响了一个炸雷,我看这船是非翻不可了。

老万刚把炉子端进船舱,急骤的雨点就在船篷上滴滴答答地跳起舞来。在闪电里,我又望见坡上一树树盛开的桐子花。呵,人们盼了一春的桐花风雨来了。桐花催风雨,也催人们快播下一年丰收的希望。只等明天天一亮,两千里大巴山

就要沸腾起来了,小河要漫了,山溪要涨了,到处将是锄光犁影,人喊鞭声。而他们,和千千万万的农村干部一样,又将顶着风雨,像桐子树一样,默默地孕育着秋后丰收的果实。今晚,这小船上欢乐而兴奋的气氛,岂不正像盛开的桐子花么!

呵!这桐子花开的时候,真令人难忘呵!

为了这春天

◎罗兰

年前各种各样的匆忙,到立春半月后的节气"雨水",才算告一段落。忙的不仅是公事与私事,还加上一个极具压迫性的季节——春。你说不出它带给你的是什么,只觉得整个儿是一段从萧索到繁荣的挣扎,是人对自然的耐力与生存意志的严酷考验,是非常痛苦的一个过程。当一切完成之后,那份对于新生的茫然,却如大梦初醒——要重新认识这世界和自己所站立的位置了。

每一个四季,每一个生命,岂不都是经历如此的过程?从挣扎着出生到懵然的觉醒,用完全陌生的眼睛认识环境,适应生存,肯定自我,而后再一次地从繁荣到萧索,又从萧索到新生的呢?

经过了各式各样的匆匆,也经过了各式各样的冷暖,穿皮衣的日子,挤人潮的日子;提着大包小包,不知为什么不能众醉独醒,而只能随俗奔忙的日子,春节这一天,骤然间,一切静止,大概是岁月蜕变到了顶点吧?然后回到家里升起一些炉火,点亮一些烛光,在门前或各个角落,张贴一些生命的象征,宣告挣扎的决心,祝祷生命的持续与繁华。接着,在醇酒一般浓浓的醉意中,忽然那一切的挣扎与戒备都解除了。街上再度有了车声,人踪再度从疏落到繁盛。外面的大树摆脱了岁

暮的枯黄,和几上的桃枝一起绽出了新叶。日历一下子就要跨到三月,一个新的奔赴,在轨道上已经进行好一阵子了,而你在这个蜕变的季节里梦游着。

你,曾经是怎样活过来的呢?

好像刚刚发现自己被放置在一个陌生的起点上,四顾茫然,要从头找回一些记忆,发现一些去岁的遗痕。从无依中起步是如此地需要集中神智来使自己摆脱旧梦,是如此地需要气力来让自己举步前行!

醒过来的时候,是淡淡的春晨,外面正下着雨,雨中车辆驶过的声音是那样地陌生又熟稔。以前是用什么样的心情,去听这川流着的行列呢?以前你的苦是什么滋味,你的乐是什么状貌?你曾经在成功的顶峰还是在失败的谷底?你曾经为爱兴奋还是为恨伤怀?你曾为做错过什么而痛悔?为忽略了什么而失落?你曾有什么事该做而未做?你曾允诺过什么而未实行?

梦前与梦后,隔着一片雾一般的空白吧?

也许,也许,仍有一片伤痕在痛,提醒你,那错误的噩运仍在持续;也许,也许,你记起有一枚小小的青叶,在心的冬眠中等待绽发。你要弥补的是什么呢?要完成的是什么呢?要追寻的是什么呢……

你需要一些答案。

而日子已经在春雨与春晴,春寒与春暖中,一页一页地飞去。仿佛是旧时一些爱情的信简,那些薄薄的纸页所飞越过的时间与空间,均已不再。

梦醒过后的这下着雨的春晨,你在茫然的心境中,坐在窗前,听雨中的车行声与马达声,那就是时间的轨迹与生命的节奏了吧?

　　要写的是一封不该写也不该寄的信,却是一封最想写也最想寄的信。寄给一个绿绿的春天,告诉他,你的心情为了这春天而涨满温柔的泪水。

春夜

◎梅阡

五月的夜风,飘着道边槐花的清芬,轻轻地吹拂着路人的面颊与发鬓,吹拂着人们的胸襟,温柔的慰抚,有如慈母的双手。

时间是十二日的午夜,一点钟。周恩来总理招待泰国艺术团的晚会结束了。周总理送走了晚会的客人们,又回来,和几个青年演员围在一起,谈得很热烈。忽然,他望了望酒阑人散的会场,转身向北京人民艺术剧院的演员刘华和狄辛说:

"你们住在哪里?"

"剧院的宿舍,在史家胡同。"

"远吗?"

"不太远。我们每天排戏都是走来走去。只要十五分钟。"

"走吧,到你们的宿舍去。"周总理含笑地说,"去看看。"

演员们一下子都愣住了。不知怎么来接待这位尊贵的客人,不知怎样来表示内心的激动和欢迎的心情,又考虑,时间很晚了,总理的身体不太累吗?正在踌躇,周总理却迈步领先走下了楼梯。

在首都剧场的大门口,汽车开过来了。总理却摆了摆手,问演员们:

"你们怎么走?"

"我们走着回去,您上车吧!"有个演员抢着说。

"不,我陪你们一道走吧!"

"不,我们每天走惯了,好像是锻炼身体。"

"我也锻炼锻炼,散散步。走吧!"

这样,在午夜里,静悄悄的马路上出现了一群人,年轻的演员们簇拥着一个心地更加年轻的人。他们像一家人,父亲和儿女们。一边走,一边亲切地说笑,谈工作,谈演戏,谈生活,也谈到怎样开始正确处理人民内部矛盾的学习问题。大家压低着声音,怕惊吵了夜归的行人。——在这一群人的后面,远远地尾随着一辆空空的汽车。

五月的夜风,飘着路边槐花的清芬,温煦地吹拂着每个青年人的心。

在宿舍里,演员们并没有完全入睡。有的在灯下阅读剧本,准备着明天要排的戏:是《北京人》里的愫芳,是《布谷鸟又叫了》里的萧甲,或是《名优之死》里的云仙……有的刚刚散戏归来,丢开方才扮演的四凤或是繁漪,点一支烟,坐下来闭目凝神,想把激动的心情宁静下来,准备入睡。

当周总理轻轻地敲开他们的房门,有的从床上跳起,有的从灯下抬起头来,但,差不多都是同样惊诧的神情,嗫嚅地说:"没想到……是您!"最有趣的是林连琨,坐在床上,睁大了蒙眬的睡眼,半天说不出一句话来,引得大家发笑。他事后向人说:"我实在是不相信自己的眼睛,我以为是在做梦呢!"

在谈话中,周总理非常关心剧院企业化的问题。说:"你们要好好考虑一下:为什么你们常常客满,还不能企业化,而有些民营剧团,虽然上座率差些,却能自给自足呢?"

没有人马上回答。但每个人心里都在盘算着一笔账。终于还是周总理自己回答了这个问题:"你们全体二百四十多人,八十个演员,七十多个舞台工作人员,剩下的大概就是所谓行政人员了吧,是不是行政人员的比例太大了呢?剧院不要机关化。希望你们把编制名单送一份给我看一看。"

周总理走进了剧院新盖的排练所,它像个可容四五百人的小型剧场一样,空阔的舞台,油漆的地板,暖气的装备……周总理连连赞叹地说:"太好了,太好了!"

有位剧场经理,站在旁边得意地说:"在剧场后面,我们还在盖着两个更大的排演场呢。"

"是啊,怪不得魏喜奎她们有意见了!她们很艰苦,连排戏的地方也没有,你们的排演场比她们演出的剧场还要讲究些。"总理继续说,"你们是否很好地利用了呢?你们空闲的时候,应该借给她们用,帮助她们,她们会感激的,你们要做一些团结的工作。"

有人也提到了国家剧团和民营剧团的演员收入不平衡的问题,在戏曲界里,差别更大,这是不公平的。周总理表示应该逐步地解决这个问题。我们国家还很穷,都往上提,没有那个力量,是不是高的应该向低的看齐一些呢?演员的生活,也不要和一般人民的生活水平太悬殊了。当周总理知道一九五三年从师大戏剧系毕业的青年演员王洪韬,每月工资七十多块钱的时候,就笑了笑,说:"是不是太多一些了?"

"你们年青人,今天的条件太好了,什么都给你们准备下了,比起你们的前一代人来,你们很幸福,他们吃了很多苦。你大学毕业,可我还只是中学毕业呢。你们也应该多吃些苦,受一些艰苦的锻炼。"周总理说着,顺手指指室内的一盆花:

"温室里的花草是经不起风雨的！你们将来还要建设共产主义，为着你们的下一代，你们要经受一些艰苦的锻炼……"

这些话，他讲时是十分亲切而严肃的。大家都静了下来，深深体味着。在这些话里包含着多大的期望与多大的鞭策呀！

深夜两点了，周总理悄悄地离开了剧院，但他的声音和笑貌却深深地印在每个人的心里。

是的，有的人久久地凝视着地上放的那一盆花，那是一盆秋海棠，花开得挺鲜艳，但显得多么娇嫩柔弱呀。

有的人推开了窗子，窗外吹来的是温煦的春风，但也带有一些沁人的凉意，使人更清醒地思考着一些问题。

许多人经历了一个并不宁静的春夜。

达古的春天

◎阿来

春天了。

这些年的春天里总想,而且总要回乡。

如今城乡疏隔,回乡是需要理由的,高原的春天便是我回乡的好理由之一。

高原的春天来得晚,在成都,所有春天繁花开过,眼看就是绿色深浓的夏天,家乡那边才传来春天的消息。达古景区的朋友打电话说,高山柳开花了;明天打电话说,落叶松和桦树发芽了。又说,你教我们认得的苣叶报春和龙胆都开了。所有这些消息,都在诱惑着我。当下就把几乎在车库里停了一冬天的车开到店里保养,换了新轮胎。我要回去看家乡的春天。

达古冰山在黑水县,在小时候时时仰望的那座大雪山的北边。大雪山的南边是我的家乡马尔康县。

新轮胎黑黝黝的,新橡胶的味道也像是春天的味道。

这回是"名家看四川"系列活动之一,请作家中的大自然爱好者,去达古冰山,多少有点帮忙发现与提炼景区丰富美感的意思。达古冰山不仅有壮美的雪山风光,更有从海拔两千八百米到海拔五千多米的地质景观与植物群落的垂直分布。

我决定不随团行动。但我对工作人员建议,午餐安排的饭食要有山里的春天——刚开的核桃花、新鲜的蕨菜。而且,眼前马上就浮现了那些石头建筑错落的村寨,高大的核桃树刚刚绽出新叶,像一团绿褐色云雾,笼罩在村寨上面。浅浅的褐色,是树叶的新芽。绿色是核桃树正在开花:一条条肥厚的柔荑花序,从枝头悬垂下来——那就是颜色浅绿的花。这个时节,村民们把将导致核桃树会结出过多果实的花一条条摘下,轻轻一捋,那一长条肥嫩的雄花与雌花都被捋掉了。焯了水拌好的,其实是那些密集的小花附生的茎。什么味道,清新无比的洁净山野的味道!而在那些不被人类过分打扰的村庄,蕨就生在核桃树下,又嫩又肥的茎,从暖和肥沃的泥土里伸展出来,一个晚上,或者一个白天,就长到一拃多高了。要赶赶紧紧采下来。不然,第二天它们就展开了茎尖的叶苞,漂亮的羽叶一展开,为了支撑那些叶子,茎立即就变得坚韧了。乡野的原则就是简单,取了这茎的多半段,摘去顶上的叶苞,或干脆不摘,也是在滚水中浅浅焯过,一点儿盐,一点儿蒜,一点儿辣椒,什么味道,苏醒的大地的味道!

这样一顿风味午餐后,他们还要去看色尔古藏寨。

好味道我都品尝过。而那古老的村寨———我自己就出生于与之相似到相同的村庄,至今仍在细细观察。我在一首叫做《群山,或者关于我自己的颂辞》的诗中写过,这些村庄,都跟我出生的那个村庄一模一样。我是说人、庄稼、房舍、牛栏、狗、水泉、欢喜、忧伤、老人和姑娘。

正因为这份稔熟,这些年,我从熟悉的乡野找到了新的观察对象:在青藏高原腹心或边缘地带走动时,会留心观察一下野生植物,拍摄那些漂亮或不太漂亮的开花植物。

从成都去黑水县城,将近三百公里,一路都沿岷江峡谷而上。春天是山里的融雪时节,所以江流有些混浊。水清时,比

春

如秋天,站在飞虹桥上看在桥前汇聚的两路江水,岷江主流清澈见底,左边的猛河一样清澈见底,却水色深沉,因此猛河也被叫作黑水,连带着分布在这条河上下两岸的地方也叫作黑水了。这一带,海拔已经上升到两千多米,而且还是渐次抬升。山高谷深,山势陡峭。一路上,见有道路宽阔的地方,我就停下车来,爬上山坡去寻找开花植物。春天进到岷江峡谷已经有些时候了,公路两边人工栽植的洋槐正开着白色繁花。河谷台地上,那些石头寨子组成的村落,桃树已是丛丛翠绿。可是,河谷两岸干旱山坡上的灌丛仍然一派枯黄。但我知道,这些枯瘦的灌丛树里一定有早开的花朵。这一路,走走停停,上到山坡,又下到路上,果然遇见了好几种开花植物。两种蓝色鸢尾。一种开满细小黄花的带刺的灌丛,名字叫作堆花小檗。米粒大的小黄花一簇簇拥挤在一起,抢在绿色叶片展开前怒放。这植物的名字概括的正是其花开的繁密。小檗的根茎中可以提炼一种叫小檗碱的物质,也就是平常所称的黄连素。还有耐旱耐瘠薄的带刺灌丛沙生槐也开出了密集的蓝色花。爬得累了,我坐在山坡上,翻看相机里花朵,却突然弄不明白,大自然为什么要让植物开出这么多的花朵。这些花朵,和这神秘的不明白,也许就是我这一天的收获。

拍完最后一组照片,坐在山坡上喝几口水,一根根拔去扎在衣袖裤腿上的灌木刺时,已经是山谷中夕阳西下的时刻了。

再车行二十多公里,就是黑水了。

黑水县城分成两个部分。先到的老县城。即便地处深山,这些年被城镇化的潮流所波及,要到城镇上讨生活的人越来越多,地处狭窄谷地的老县城容不下这许多人了。五年前的汶川地震后,又在老县城上方一公里多,起了新县城。

管理局领导请大家吃饭。当地猪肉，这种猪半野放，肉香扑鼻，是名藏香猪。野菜多种。最受欢迎者有三：一种，土名刺龙包，其实是五加科楤木的肥实叶芽；蕨菜和核桃花已经说过。这些野味入口就是清新的山野气息，加上所有人都会想到无污染绿色这样的概念，就更觉得不能不大快朵颐了。只是酒不太好，当地产烧酒，有点遗憾。
　　坐景区的观光车跟大家一起游览达古景区。
　　车穿过峡谷和峡谷中的三个藏族村落。这三个寨落都叫达古。因地势高低分别叫作上中下达古。车上有同行问我，达古在藏语里是什么意思。我有点说不上来。从词根上说，达，是马的意思；古，是深远的意思。但两个意思如何串联起来？去年初春，我走访过这三个村寨。村长是个有文化的人。上过初中，因"文革"而辍学。我来访问前，他已经把村子的历史和达古雪山群中一座叫洛格斯神山的故事写成了两页汉文材料。要不是有位央视的纪录片编导随行，善于访问，我都不知道该再问他什么问题了。
　　在上达古村前，猛河已变成了一道溪流。溪上一座带顶的藏式木桥，上面写着红军桥。这里是当年红军长征经过的地方。到达此地之前，红军已经翻越了宝兴县和小金县之间的夹金山，又翻越了小金县和我老家马尔康县之间的梦笔山，接下来，又经过我们马塘村继续跋涉，翻越亚克夏山进入黑水县，这就是现在达古景区所在的地区。这里，雪山更加密集地紧靠在一起。刚从亚克夏雪山下来，当年的红军马上又遇见一座昌德雪山，下昌德雪山，就是上中下三个达古村所在的这个峡谷。当年的红军，那些并不确切知道自己该去哪里的人，在此地盘桓一阵，补充些粮食，就从现在叫了红军桥的木桥上

过了溪流，又顺着蜿蜒的山道直上达古雪山。过了这座雪山，便是毛尔盖，接下来就是宽阔的川西草原了。这就是所谓的红军爬雪山过草地。中央红军主力和四方面军一部，一共在阿坝州境内翻越了五座雪山，其中三座都在黑水县境内，而且，就围绕在达古景区主峰的周边。大部队行军当然不会挑选那些最高的难以逾越的雪山。

这一天，我们要去的是这雪山群中两座从未被人逾越的雪山——有冰川群的达古雪山主峰和洛格斯神山。

去年，比此行早二十天，我来时，晚上一夜飞雪，早上风停云开。驱车到达古村时，湖水映着碧蓝天空，阳光下融雪时的滋润气息带着松杉的芳香。保护站小屋中，炉子里烧着旺火，壶里茶滚烫。屋顶上的雪融化了，从窗前淅沥而下，像断了线却落不尽的珠串。听保护站的工作人员谈林子里金丝猴、羚牛的故事。茶喝到出汗，路上的雪也化开了。半山上一条为游客布置的木头栈道上的雪也化开了，泅湿的厚木板上有漂亮的纹理。走上这条木板栈道，正对的洛格斯神山冰清玉洁，莹光逼眼。在一些藏语文本的诗性表达里，喜欢把巍峨纯净的雪山形容为一个戴着水晶冠冕的人或神，如果你在一个空气清新，阳光明亮的上午，看见这样直插幽深蓝空的雪山，就知道，这样的形容有多么精妙，且带着神圣之感。顺着栈道一路向前，那并肩而立的三座晶莹雪山就在峡谷尽头越升越高，诱导你一直走到跟前，把平视变成仰望。在山下的达古村。村长告诉过我，这座雪山的神是古代三个为了保卫村落与美丽山水而献出生命的达古青年，是三个达古村共同的保护神。

那天真的走到栈道尽头，倒在松软洁净的雪中仰望雪山。山峰和蓝天间漾起片片薄云。那是山上起风了，把山体上的雪花飞扬到半空里。薄云很快又消散了。那是风停了,雪花又落回山上。四野寂静无声,某片杉树林中,传来一两声鸟鸣。婉转悠长的是画眉,有些突兀的是粗嗓门的噪鹛。

可是,今次来,大家走上栈道时,洛格斯神山却在自己扯起的一片云雾后面隐匿不见。大家继续朝前,希望突然会云开雾散。但云非但不开,天上还不时一小会儿一小会儿地洒下些雨点。山神今日休息,山神今天不与凡人相见。我闲着无事,便动手拍去年来时已经开放的报春花,顺便把三千多米高度上的一些常见植物落叶松、野樱桃、小檗、蔷薇、伏地柏指认给大家。就这样,在古代冰川所创造出来的巨大的U形山谷中盘桓一阵,神山仍然没有露脸的意思,大家只好到游客中心午餐。

午餐算是一个冷餐会吧。藏式的手抓肉、包子,和一些野生蔬菜。最好吃的一种,学名叫作紫花碎米荠,吃的是它们刚刚破土而出的嫩茎。要到七月间,它们才会开出团团漂亮的紫色花。饭后,一半天空阴着,一半天空中却有阳光破云而出。右手峡谷尽头的洛格斯神山依然隐匿不现,而正面峡谷尽头壁立而起的达古冰川群上的雪山主峰却熠熠闪光,大家赶紧上山。

上山很容易。海拔三千多米的峡谷尽头,有新绿如烟笼着的落叶松林前就是索道站。十多分钟,缆车就将游人运到海拔五千六百米的高度上。据称这是世界上海拔高度最高的缆车索道。也就是对游客来说,这是目前世界上不需自己辛苦登攀而能到达的最大海拔高度。

我已是第三次上到这里。不急于和同行的人们马上冲向外面的雪山。我为自己在雪山小屋中要了一杯咖啡,慢慢饮下。情景有些不可思议,有些奇异。人在宽大的观景窗内落座,手捧一杯香喷喷的热咖啡,窗外,海拔五千二百多米的达

古雪峰覆盖着厚厚的雪被就横卧在眼前,像一只睡着了的巨大动物。山体上是深雪,雪下,才是冰川。这道冰川每年只有七、八两个月,积雪融化时才得以显现。但那冰川的力量却可以看见。下冲的冰川在雪峰下几百米处刨出一个巨大的深坑,夏天和初秋,那是一湖碧水。湖水的上方,劲风猎猎,被阳光照耀,亮得晃眼的云团翻滚在天空,也翻涌在湖中。

喝完咖啡,走到室外的雪野中。瞭望台上,雪深盈尺。瞭望台外,雪深就在三四米了。我发现,好几位同行者因为缺氧因为过度兴奋有些喘不上气来了。在这个高度上,群山变成波浪,在眼前奔涌。只有身边几座山峰超出我们所在的高度——最高峰海拔五千二百米。冰川在这雪山之巅造就的地貌杰作:相互错落在云幕下金字塔一般的锥形峰顶;锋利峭薄的山脊——地理学名词叫脊线;被冰川从对面山体上剥离又搬运到面前来的巨大岩石——冰漂砾;而在我们脚底的深雪下,就是冰川挖掘出的巨大的冰斗,夏天时,是一汪湖水,现在冻成了一块坚硬的冰。

达古景区主诉的是两个卖点:一个,雪山和冰川;一个,秋天的彩林。

而我一直说,森林的漂亮,秋天变红变黄时的五彩斑斓自然是一个高潮,但从初春起,不同植物,晕染在山野间的不同色调的新绿也足让人目眩神迷。高原上春天来得晚,初春过后,直接就进入生命竞放的夏天。十数种杜鹃,十数种报春,十数种龙胆,十数种马先蒿,几种绿绒蒿,金莲花银莲花,金露梅银露梅,那么多的高原植物渐次开放,把整个高原的夏天开成一片幽深无尽的花海。这些也都是可以用某些方法指点给游客的,都是可以让他们喜欢与热爱的。我总觉得,达古景区这样的地方,可以成为一个中国人学习体味自然之美的课堂。地理之美,植物之美,共同构成自然之美。虽然时兴的国学热中,常有人说中国人如何有天人合一观,如何取法自然,但在实际情形中,却是整个国家自然界大面积的退缩与毁败,是中国人与大自然日甚一日的隔膜与疏远。

达古景区冰雪覆盖之下的达古雪山其自然之美真是无处不在啊!

海拔三千多米处,积雪刚刚融化,落叶松柔软的枝条上就绽放出了簇簇嫩绿的针叶。而刚刚从冰冻中苏醒的高山柳、报春已经忙着开花了。再往下,开花植物更多。路边草地上,成片的小白花是野草莓,星星点点的蓝花是一种龙胆,那是比蓝天更漂亮的蓝!到了达古村附近,湖边野樱桃开花了,有风轻摇树梢时,薄雪般的花瓣便纷纷扬扬飘飞起来。再往下,路边一丛丛黄花照眼,那是野生的棣棠。还有藤本的铁线莲,遇到灌丛和乔木就顺势向上攀爬,用这样的方式,把一串串鲜明的白色花举向高处。那些花朵也真正漂亮。四只纯白的花瓣纤尘不染,花瓣中央,数量众多的雄蕊举着一点点明黄的花药,雌蕊通身碧绿,大方地被雄蕊们簇拥在中央,我不知道,这是一种快意的听天由命,任哪一阵风起,或哪一只昆虫飞来,把任一枝雄蕊上的花药撒到那娇嫩敏感的柱头上,在阳光下昏眩一阵,便受精怀子;还是一切都要经由她不动声色地精心选择,拒绝,拒绝,或在拒绝与接纳间犹豫再三,才终于将几颗雄花的精子纳入子房?

大家散去的时候,有人问我,你为什么喜欢这个地方。我想起自己曾经为景区想过的广告词:最近的遥远。便说,因为这是距离大都市最近的完整的大自然。

敬 启

因为某些技术上的原因,致使本书的个别作者尚未能联络上。敬请见书后,即与责任编辑联系,以便我们及时奉上样书与薄酬,并敬请见谅。